위로

상처 난 마음을 어루만지다

위로

정신과 전문의 **이시형** 박사 지음

생각속의집

지금, 당신은 괜찮은가요?

오늘 하루 어떻게 지내셨습니까? 머리가 뜨겁도록 화가 나거나 속상한 일은 없었는지요? 내 속내를 들어줄 친구가, 따뜻한 커피 한 잔 나누고 싶은 누군가가 그립지는 않으셨나요?

참으로 인간답게 잘 살아간다는 것이 생각처럼 쉽지 않은 세상입니다. 최선을 다해 열심히 살고는 있지만, 삶은 종종 등을 보이며 차갑게 돌아서는 것만 같습니다. 마음마저 버석거리는 낙엽처럼 메말라갑니다. 모든 것이 풍요로워졌는데, 왜 마음은 점점 더 허전하고 쓸쓸해지는 걸까요?

크고 작은 상처들이 하루에도 몇 개씩 생겨납니다. 누군가 그 상처에 "호!" 하고 입김이라도 불어준다면 좋으련만, 우리는 내 자신도, 다른 사람의 상처도 들여다볼 여유조차 없습니다. 가장 친밀해야 할 가족도 뿔뿔이 입니다. 친구도, 직장 동료도, 연인도 누구 하나 진정한 내 편은 없는 것만 같습니다.

마음의 부재. 누군들 그 앞에서 의연할 수 있겠습니까. 숱한 사람들 중에서 내 이야기를 들어줄 사람이, 내 편이 되어줄 사람이 없다니, 그

헛헛함을 무엇에 비교할 수 있겠습니까.

이 책이 그런 분들에게 작은 힘이 되었으면 합니다. 외롭고 쓸쓸할 때마다 위로가 되어준 한 편의 시와 그 마음 이야기를 이곳에 정성껏 담았습니다. 건강한 시는 건강한 마음을 불러옵니다. 저는 그런 의미에서 시를 세로토닌 포엠(serotonin poem), 그 시가 전해주는 마음의 평온을 세로토닌 마인드(serotonin mind)라고 부릅니다. 가까이 놓아두고 위로가 필요할 때마다 꺼내보십시오. 그리고 상처가 아물고 그 위에 꽃처럼 새살이 피어나면, 이제 당신이 또 다른 당신을 위로할 차례입니다.

한 편의 시가 이렇게 큰 힘이 되어줄 줄은 미처 몰랐습니다. 짧은 시 한 구절 속에 세상 모든 것이 응축되어 있습니다. 두고두고 음미할수록 그 깊은 맛이 심금을 울려줍니다. 시는 읽는 사람마다 맛이 달라집니다.

이 책은 해설서는 아닙니다. 제가 읽은 마음의 일단을 펼쳐 보임으로써 삶에 힌트를 드리려고 합니다. 행여 시인들에게 누가 되지는 않았는지 걱정입니다. 여러분들의 편안한 밤을 위해 기도드립니다.

선마을 골짜기에서
이시형

두울
연애와 결혼

세 엣

가족의 울타리

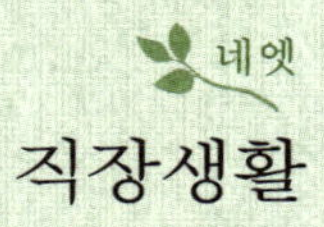

혼자의 시간을 잘 견디지 못할 때
자신에게 실망하여 스스로가 싫어질 때
이유 없이 불안감이 다가올 때
과거의 상처에서 벗어나지 못할 때
습관적으로 우울해질 때
모아놓은 돈이 없어서 소심해졌을 때
술과 담배를 끊고 싶은데도 잘 안 될 때
지나온 시간들이 후회스러울 때
마음이 버석거리는 낙엽처럼 메말라갈 때
나이를 낮추어 말하는 자신을 발견할 때
답답한 도시를 잠시 떠나고 싶을 때
여기저기 아픈 곳이 많아질 때
조금씩 죽음이 가깝게 느껴질 때

하나

일상 속에서

혼자의 시간을 잘 견디지 못할 때

누구나 혼자이지 않은 사람은 없다

김재진

믿었던 사람의 등을 보거나
사랑하는 이의 무관심에 다친 마음 펴지지 않을 때
섭섭함 버리고 이 말을 생각해보라.
– 누구나 혼자이지 않은 사람은 없다.
두 번이나 세 번, 아니 그 이상으로 몇 번쯤 더 그렇게
마음속으로 중얼거려 보라.
실제로 누구나
혼자이지 않은 사람은 없다.
지금 사랑에 빠져 있거나 설령
심지 굳은 누군가 함께 있다 해도 다 허상일 뿐
완전한 반려伴侶란 없다.
겨울을 뚫고 핀 개나리의 샛노랑이 우리 눈을 끌듯
한때의 초록이 들판을 물들이듯
그렇듯 순간일 뿐
청춘이 영원하지 않은 것처럼

그 무엇도 완전히 함께 있을 수 있는 것이란 없다.

함께 한다는 건 이해한다는 말

그러나 누가 나를 온전히 이해할 수 있는가.

얼마쯤 쓸쓸하거나 아니면 서러운 마음이

짠 소금물처럼 내밀한 가슴 속살을 저며 놓는다 해도

수긍해야 할 일.

어차피 수긍할 수밖에 없는 일.

상투적으로 말해 삶이란 그런 것.

인생이란 다 그런 것.

누구나 혼자이지 않은 사람은 없다.

그러나 혼자가 주는 텅 빔,

텅 빈 것의 그 가득한 여운,

그것을 사랑하라.

숭숭 구멍 뚫린 천장을 통해 바라뵈는 밤하늘 같은

투명한 슬픔 같은 혼자만의 시간에 길들라.

별들은 멀고 먼 거리, 시간이라 할 수 없는 수많은 세월 넘어

저 홀로 반짝이고 있지 않은가.

반짝이는 것은 그렇듯 혼자다.

가을날 길을 묻는 나그네처럼, 텅 빈 수숫대처럼

온몸에 바람소릴 챙겨 넣고 떠나라.

김재진 | 힘들고 외로운 마음을 위로하는 시와 산문, 동화집 등을 펴내왔다. 오랫동안 방송국 피디로
일했으며, 현재는 명상전문방송 유나에서 명상과 마음공부를 전하는 일을 하고 있다.

둘이 있으면 정말 외롭지 않을까요?

어느 주말 저녁, 지인과 설렁탕집에 갔습니다. 설렁탕이 나오고, 칼칼한 깍두기를 얹어 침 고인 입속으로 막 넣으려는 순간이었습니다. 그런데 바로 옆자리에 일고여덟 살쯤으로 보이는 꼬마아이가 혼자 털썩 주저앉으며 "여기 앉아서 먹어야지" 하는 겁니다. 엄마아빠가 뒤따라 들어오겠지 생각하며, 다시 설렁탕을 먹기 시작했습니다.

"어린이설렁탕 주세요."

아이는 오른손에 쥐고 있던 네 장의 천 원짜리를 식당아주머니에게 내밀며 낭랑한 목소리로 주문을 하더군요. 혼자라는 기색은 찾아볼 수 없는 해맑은 모습으로 누구의 눈치도 보지 않고 뜨거운 설렁탕을 호호 불어가며 먹고 있는 아이. 아, 저 의연함과 용기는 어디에서 나오는 걸까, 싶더군요.

어른이 될수록 우리는 혼자 있는 시간을 잘 견디지 못합니다. 여행을 떠날 때도 단체로 가는 것을 좋아하고, 술집이나 식당에 갈 때도 마찬가지입니다. 더군다나 혼자서 밥을 먹다니요, 혼자 먹는 밥은 괜스레 서럽기까지 합니다.

인간은 식욕과 성욕, 수면욕만큼이나 강한 군집 본능을 지니고 있어서, 세상에 나 혼자라는 생각에 사로잡히면 극단적인 상황으로 자신을 내몰기도 합니다. 그래서 사람들은 여러 모임이나, 클럽 등을 만들어 소속감을 느끼고 싶어합니다. 울타리가 있다는 것, 함께할 누군가가 있다는 건 마음 든든한 일이니까요. 특히 우리처럼 '정'이라는 문화에 길들여진 사람들은 무리지어 행동하는 삶을 더더욱 좋아합니다.

그런데 누군가와 함께 있다고 외로움이 사라질까요? 또, 그 관계는 영원히 지속되기나 할까요? 어머니의 몸에서 분리되는 순간부터 인간은 외로울 수밖에 없는 존재입니다. 그러니 누군가와 같이 있으면 외롭지 않을 거란 생각은 헛된 기대일 뿐입니다. 특히 눈앞에 보이는 실체만을 믿고 의지하는 사람일수록 혼자 있는 시간을 잘 견디지 못합니다. 그런 사람일수록 상대에 대한 기대가 커서 그 기대가 충족되지 않으면 더 큰 외로움에 사로잡히고 맙니다.

물론 함께여서 좋은 순간도 있습니다. 마찬가지로 혼자라야 가능한 일도 있기 마련입니다. 산책, 독서, 사색, 자기반성, 계획, 꿈 등이 그렇습니다. 이때 우리가 느끼고 즐기는 고독은 '고독감孤獨感'이 아니라 '고독력孤獨力'이어야 합니다. 같은 고독이지만 이 둘의 의미는 엄연히 다릅니다. 고독감은 수동적이며 감상적인 측면이 강한데 반해, 고독력은 능동적인 마음상태로서 혼자일 수 있는 힘을 말합니다. 고독감이 마이너스의 감정이라면 고독력은 플러스의 힘입니다. 그런 만큼 혼자의 시간을 축복으로 여기며 즐길 줄 아는 사람은 진정으로 강한 힘을 가진 사람입니다.

아이는 혼자 앉아 무슨 생각을 하며 설렁탕을 먹었을까요? 적어도 자신이 혼자라고 생각하는 것 같지는 않았습니다. 낯선 사람들의 시선을 불편해하지도 않았지요. 짐작컨대 아이는, 어떻게 하면 뜨거운 설렁탕에 혀를 데지 않고 잘 먹을 수 있을까, 어떤 크기의 김치를 집어야 맛나게 한입에 먹을 수 있을까 하며 설렁탕을 먹는 일에만 집중하는 것 같았습니다. 온전히 자신의 의지대로 판단하고 결정하는 혼자의 시간을 기꺼이 즐기면서 말입니다.

누구나 자다 깨어 문득 세상에 혼자 버려진 것 같은 외로움에 몸서리 쳐질 때가 있습니다. 그럴 때면 서늘한 가슴을 쓰다듬으며 창가에 서보십시오. 깊고 푸른 어둠의 순간을 즐기며 더없이 또렷하게 빛나는 별 하나가 보일 겁니다. 그 하나의 별을 아름답게 빛나게 하는 힘, 그것이 바로 고독력입니다.

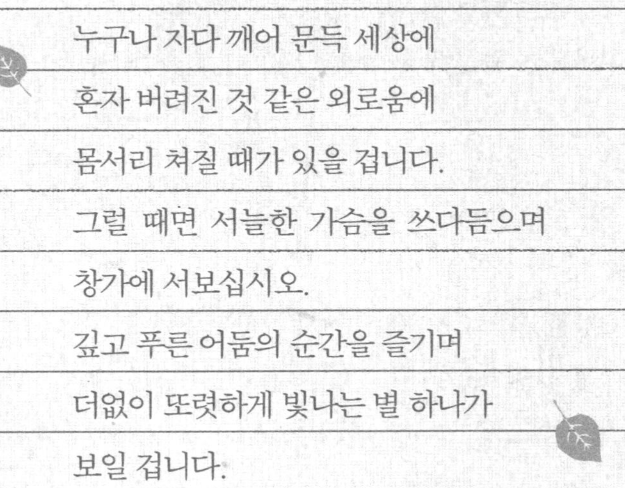

누구나 자다 깨어 문득 세상에

혼자 버려진 것 같은 외로움에

몸서리 쳐질 때가 있을 겁니다.

그럴 때면 서늘한 가슴을 쓰다듬으며

창가에 서보십시오.

깊고 푸른 어둠의 순간을 즐기며

더없이 또렷하게 빛나는 별 하나가

보일 겁니다.

자신에게 실망하여 스스로가 싫어질 때

감사의 기도

성 프란체스코

큰일을 이루기 위해 힘을 주십사 기도했더니
겸손을 배우라고 연약함을 주셨습니다

많은 일을 해낼 수 있는 건강을 구했는데
보다 가치 있는 일을 하라고 병을 주셨습니다

행복해지고 싶어 기도했는데
지혜로워지라고 가난을 주셨습니다

세상 사람들의 칭찬을 받고자 성공을 구했더니
뽐내지 말라고 실패를 주셨습니다

삶을 누릴 수 있게 모든 것을 갖게 해달라고 기도했더니
모든 것을 누릴 수 있는 삶 자체를 주셨습니다

구한 것 하나도 주시지 않았지만
내 소원 모두 들어 주셨습니다

하느님의 뜻을 따르지 못한 삶이었지만
내 마음 속에 진작 표현하지 못한 기도는
모두 들어 주셨습니다

나는 가장 많은 축복을 받은 사람입니다

성 프란체스코(1182년~1226) | 가톨릭 성인, 프란체스코회 창립자로 아시시의 부유한 상인 집안에서
태어났다. 스무 살에 회심하여 모든 재산을 버리고 평생을 청빈하게 살며 이웃 사랑에 헌신했다.

자신감은 나를 긍정하는 것

누구에게나 제 몫의 짐은 있기 마련이지요. 모르지 않으면서도 내 삶의 무게만 너무 가혹한 건 아닐까 싶어 의기소침해질 때가 있습니다. 열심히 살아보겠다고 허덕이는데도, 친구들은 늘 저만치 앞서 있고 동료들은 한 번에 몇 계단을 뛰어넘습니다. 자신감도 자존심도 돌덩이를 매단 채 강물로 뛰어드는 것만 같습니다.

악마에게 영혼이라도 팔아 보란 듯이 성공하고 싶지만, 악마마저도 외면한 걸까요? 도무지 내가 하는 일이라고는 실수와 실패의 연속일 뿐입니다. "빌어먹을! 왜 내 인생만 이렇게 꼬이는 거야?" 소리치며 묻고 싶지만, 이 답답한 노릇을 누구에게 물어야 할까요.

안타깝게도 그 답을 찾아줄 사람은 아무도 없습니다. 그 답은 자신, 곧 내 안에 있기 때문입니다. 그러니 스스로에게 묻고 답을 구할 수밖에요. 무너진 자신감을 되찾는 일도, 구겨진 자존심을 일으켜 세우는 것도 모두 내 맘먹기에 달려 있습니다.

저 역시도 어린 시절엔 가난으로 삶이 녹록치 않았습니다. 매번 자존심이 상하고 자신감도 무너졌습니다. 가난이 절망과 손잡으려 할 때마다 자기최면이라도 걸 듯 되뇌었습니다. "나는 천재다! 나는 천재다!" 하고 말입니다. 그렇다고 특별히 근거가 있었던 것도 아닙니다. 평생 아이큐 검사를 받은 적이 없으니 수치로 측정된 것도 아니고, 그냥 어느 날부터 스스로를 천재라고 생각하면서 그에 대해 의심하지 않았습니다. 스스로를 긍정적으로 생각하고 그런 자신을 철석같이 믿었던 거지요. 그게 바로 자신감 아니겠습니까.

그러다 미군 부대에서 일을 하게 되었습니다. 어느 날 보초를 서다가 깜박 잠이 들어 순찰 중인 미군 헌병에게 죽지 않을 만큼 맞았습니다. 아픈 것도 아픈 거지만 어찌나 서럽던지 밤새 울었습니다. 평소 친하게 지내던 형이 그러더군요. "미국에 있는 예일 대학교에 들어가. 그 대학을 졸업하는 게 미군 병사에게 복수하는 길이야."

그때부터 나의 목표는 예일 대학교에 들어가는 거였습니다. 서울대학교가 어디에 있는지도 모르던 촌놈이 당당하게 예일 대학교를 졸업하는 순간을 상상하면서 말입니다. 어디서 그런 배짱과 자신감이 나왔을까요. 그건 분명 내 자신에 대한 믿음 때문이었습니다. 소망이 깊으면 이루어진다더니, 정말로 예일 대학교에서 면접 통고가 왔습니다.

이처럼 자신감은 스스로를 긍정하는 것에서 시작합니다. 스스로를 긍정할수록 재능과 능력이 집중되고, 이는 곧 뜻하는 바를 이루는 밑

거름이 됩니다. 그러니 타인에 비해 뒤처져 있는 자신도, 여러 모로 불만족스럽기만 한 성격도 견딜 수 없는 불행이라고 치부할 수는 없습니다. 목표 지점에 도착하기 위해 참고 견뎌야 할 과정이라고 생각하면 우울할 것도, 비감스러울 것도 없지 않겠습니까.

자학과 우울감에 빠지는 것은 현재가 더 이상 어쩔 수 없는 낭떠러지라고 생각하기 때문입니다. 그런 의미에서 긍정적인 셀프이미지만큼 사람을 밝고 활기 있게 변화시켜주는 것도 없습니다. 내가 일흔이 넘은 나이에 '58년 개띠'라고 농담 반 진담 반으로 말하는 것도 그 때문입니다. 그렇게 말함으로써 스스로를 젊고 활기차게 느끼게 되고 또 다른 사람들도 나를 젊게 보는 선순환이 반복됩니다.

어디 그것이 말처럼 쉬운 일이냐고 반문하는 분도 있을 테니, 자신감을 불러올 수 있는 행운의 주문 하나를 알려드리겠습니다. 앞서도 말했듯이 이건 제가 일찍부터 써 온 비결입니다. 손쉽게 따라할 수 있는 데다, 요즘 말로 하면 효과도 '짱'이지요. 아침마다 거울을 보고 스스로에게 이렇게 말하는 겁니다. 씩씩하게 큰소리로 하면 더욱 좋습니다.

"나는 참 멋진 사람이야! 오늘도 아주 운 좋은 하루가 될 것 같군! 일도 술술 잘 풀리겠는걸!"

그러면서 스스로 어깨도 두드려주고 머리도 쓰다듬어주는 겁니다. 그러면 정말로 기분도 좋아지고 로보트 태권브이가 부활하듯 없던 에너지도 불끈, 솟아납니다. 이렇게 본인이 들을 수 있도록 큰 소리로 말하는 것을 긍정적 자기최면이라고 하는데, 이는 정신의학적으로도 근거 있는 이야기입니다.

자신감을 가지십시오. 두둑하게 배짱도 챙기십시오. 다만 여기서 말하는 배짱은, 무조건 우기고 보는 막무가내식 배짱이 아닙니다. 진정한 배짱이란 눈앞의 명분에 현혹되지 않고, 자신의 실리를 떳떳하게 선택할 수 있는 용기입니다.

마음 안에는 여러 개의 방이 있고 그 방의 크기는 제 각각입니다. 그리고 그 방의 크기는 뇌가 결정짓습니다. 그러니 자기최면을 반복하면 마음의 방들이 이를 알아듣고 스스로 방의 크기를 넓히기도 좁히기도 합니다. 그 중에서도 특히 자신감의 방이 너무 작아 움쩍하기도 어려웠다면, 이제부터라도 그 방의 크기를 넓혀보는 겁니다. 자기긍정, 자기최면을 통해서 말입니다.

이유 없이 불안감이 다가올 때

이유 없이 답답하고 밥맛이 없다, 작은 일에도 근심과 걱정이 많아졌다,
왠지 안 좋은 일이 생길 것 같다.

어떤 결심

이해인

마음이 많이 아플 때

꼭 하루씩만 살기로 했다

몸이 많이 아플 때

꼭 한 순간씩만 살기로 했다

고마운 것만 기억하고

사랑한 일만 떠올리며

어떤 경우에도

남의 탓을 안 하기로 했다

고요히 나 자신만
들여다보기로 했다
내게 주어진 하루만이
전 생애라고 생각하니
저 만치서 행복이
웃으며 걸어왔다

이해인 | 1976년 첫 시집 〈민들레의 영토〉로 많은 사랑을 받았으며, 올림예술대상 가곡작시상, 천상
병 시문학상 등을 수상했다. 현재 부산 성 베네딕도회 수녀로 봉직 중이다.

이 또한 지나갑니다

주어진 시간이 오늘 하루뿐이라면 당신은 그 하루를 어떻게 보내시겠습니까. 그 하루는 분명 고마웠던 것만 기억하고 사랑했던 일만 생각하기에도 모자란 시간일 것입니다. 고통스런 과거를 떠올릴 틈도 없습니다. 남의 탓을 할 사이도 없고요. 더군다나 아직 오지 않은 미래를 불안해하다니요. 그런 것에 낭비할 시간 따윈 정녕코 없습니다. 주어진 순간을 기꺼운 마음으로 누리기에도 남은 시간이 너무 짧으니까요.

　실제로 우리의 인생은 그리 긴 시간이 아닙니다. 감사하고 사랑하고 행복을 나누기에도 짧은 시간이지요. 사랑하는 사람의 따뜻한 옆얼굴을 바라보며 미소 짓는 일, 부모님의 낡은 구두를 닦으며 펴지지 않는 주름에 코끝이 찡해지는 일, 실연당한 친구의 들썩이는 어깨를 다독여주는 일, 어느새 자란 유치원 딸아이의 재롱잔치를 보며 눈시울을 적시는 일, 밤샘 근무로 새벽을 맞으며 새롭게 떠오르는 태양에 감사하는 일, 부족한 시간을 쪼개어 어려운 이웃에게 연탄을 배달하는 일…… 이런 일들만 하고 살기에도 시간은 턱없이 부족하고, 쏜 화살처럼 인생은 한순간에 휙 하고 지나갑니다.

그런데도 우리는 늘 불안과 걱정 속에서 시간을 낭비합니다. 그 대부분의 불안들은 아직 일어나지도 않은 일에 대한 걱정이나 염려가 90퍼센트 이상이라는 사실을 알고 계십니까? 곁에 있는 사람이 혹시 떠나버리지는 않을까, 동료로부터 배신을 당하지는 않을까, 자식이 내 뜻대로 살아주지 않으면 어쩌나, 이러다 나 혼자 남겨지는 건 아닐까 전전긍긍합니다. 이처럼 불안은 스스로를 위험으로부터 지키려는 보호 본능에서 비롯되기도 하지만, 지나쳐서 병이 되는 게 문제입니다.

불안과 정면대결해서 이길 수 있는 사람은 아무도 없습니다. 불안이 영혼을 잠식한다는 말도 있지요. 그만큼 불안은 우리의 몸과 정신을 병들게 합니다. 물론 적당한 긴장감은 생활의 활력이 되기도 합니다. 직장에서는 물론이고 무수한 위험에 노출되어 있는 환경에서는 더더욱 그렇습니다. 예기치 않은 사태에 대비해 의식을 집중하는 것이지요. 그러나 긴장과 불안은 엄연히 다릅니다.

불안감이 지나치면 일도 사랑도 제대로 해내기가 어렵습니다. 행복이 찾아와도 그 행복을 제대로 누리지 못하고, 성공의 기회가 찾아와도 사랑하는 사람이 생겨도 수시로 고개를 쳐드는 불안감에 압도되어 선뜻 내 것으로 끌어안지 못합니다. 그 모든 것들이 이내 자신에게서 등을 돌릴지 모른다는 불안감 때문입니다.

'뿌리칠 수 없으면 차라리 즐기라'는 말처럼 그럴 수만 있다면 더 없이 좋을 텐데, 힘든 일이지요. 가령 가슴이 철렁철렁 내려앉는 놀이기구를 돈을 주면서까지 타는 것은 불안이 최고조에 이르는 그 순간, 즉 스릴을 즐기기 위해서지요. 도박이나 아슬아슬한 운동경기도 마찬가지입니다. 일종의 능동적으로 즐기는 불안으로 정신의학에서는 유스트레스(Eustress)라고 부릅니다.

그렇지만 우리가 일상에서 느끼는 불안은 매우 수동적인 것이어서 즐길 수 있는 차원의 불안과는 사뭇 다릅니다. 불안은 가족과도 같아서 싸워 이길 수도, 싫다고 헤어질 수도 없습니다. 그러니 평생을 함께 살아가려면 차라리 잘 지낼 수 있는 방법을 찾을 수밖에요. 뿐만 아니라 불안은 상처와도 같아서 건드리면 더욱 성을 냅니다. 그러니 있는 그대로를 받아들일 수밖에 없습니다. 그리고 명상을 하듯 이렇게 해보는 겁니다.

먼저 자세를 반듯하게 하고 아랫배로 심호흡을 몇 번 합니다. 그리고 어깨를 귀 있는 곳까지 있는 힘껏 끌어올렸다가 후, 하고 숨을 내쉬며 한 번에 털썩 내려놓습니다. 이렇게 서너 번 반복해보세요. 그것만으로도 마음이 조금은 편안해지는 것을 느낄 겁니다.

그리고는 조용히 불안을 지켜보세요. 쫓아내려고도, 지우려고도 애쓰지 마세요. 하늘을 뒤덮은 양떼구름의 부드러운 움직임을 바라보듯이, 물속을 유영하는 작은 물고기의 살랑거리는 지느러미를 바라보듯이 그렇게 지켜보세요. 그리고 감사했던 기억, 사랑했던 기억, 행복했던 기억들을 떠올리는 겁니다. 등불을 켠 듯 어둠의 그림자로 뒤덮였던 가슴이 환해지면서 엄습해 있던 불안 따위 별게 아니라는 사실을 깨닫게 될 겁니다.

불안의 순간이 지나가고 우리는 다시 새로운 삶을 살아갑니다. 새로운 태양과 새로운 사랑과 새로운 행복을 기꺼이 받아들이고 누리면서 말입니다.

불안과 정면대결해서
이길 수 있는 사람은 아무도 없습니다.
불안은 가족과 같아서
싫다고 헤어질 수도 없습니다.
그러니 그대로 받아들이며
잘 지낼 수 있는 방법을 찾아야 합니다.

과거의 상처에서 벗어나지 못할 때

과거의 나쁜 기억에서 벗어나고 싶다. 가끔씩 악몽이나 불면증으로 힘들다.
비슷한 상처를 가진 사람을 피하고 싶다.

상처에 대하여

복효근

오래 전 입은 누이의

화상은 아무래도 꽃을 닮아간다.

젊은 날 내내 속 썩어쌓더니

누이의 눈매에선

꽃향기가 난다.

요즈음 보니

모든 상처는 꽃을

꽃의 빛깔을 닮았다.

하다못해 상처라면

아이들의 여드름마저도

초여름 고마리꽃을 닮았다.

오래 피가 멎지 않던
상처일수록 꽃향기가 괸다.
오래 된 누이의 화상을 보니 알겠다.
향기가 배어나는 사람의 가슴속엔
커다란 상처 하나 있다는 것

잘 익은 상처에선
꽃향기가 난다.

복효근 | 편운문학상 신인상, 시와시학 젊은시인상을 수상했다. 시집《당신이 슬플 때 나는 사랑한다》
《새에 대한 반성문》등과 시선집《어느 대나무의 고백》을 펴냈다.

상처는 아름다운 꽃입니다

마음에 드리운 상처일수록 그 아픔은 더 크고 오래가는 모양입니다. 넘어져 생긴 상처라면 연고라도 바르고, 행여 찢어진 곳이면 꿰매기라도 할 텐데, 마음의 상처는 그 정도를 알 수 없으니 마땅한 치료법을 찾기도 쉽지 않습니다.

과학전문지 〈심리과학〉 최신호에 진통제가 마음의 상처도 치료한다는 연구결과가 실렸더군요. 미국 플로리다 대학의 심리학 교수 그레고리 웹스터 박사가 3주 동안 남녀 30명을 대상으로 실험했는데, 진통제인 아세트아미노펜을 자주 복용하는 사람은 마음의 상처를 받아도 그 아픔이 덜하다는 겁니다.

눈에 보이지도 않는 상처가 얼마나 큰 고통을 불러오면 이런 연구까지 하게 되었을까요. 아픔이 덜한 정도가 아니라 상처의 기억 자체를 완전히 지워버릴 수 있는 치료방법이 있다면 더할 나위 없이 좋을 텐데, 아직 그 단계는 아닌가 봅니다.

누군가 그러더군요. 내게 상처를 준 사람에 대한 최고의 복수는 완벽한 망각이라고. 하지만 우리의 뇌는 그렇게 쉽게 기억을 지우지 못합니다. 부정적인 기억은 더욱 그렇습니다. 열 사람의 칭찬보다 한 사람의 비난이 더 아프고 오래 기억에 남는 법이지요. 자기를 괴롭히는 이런 생각이나 경험에 아주 민감하고 강하게 반응하는 경향을 부정적 편향(Negative Bias)이라고 합니다.

우리의 뇌는 플러스 요인보다 마이너스 요인에 강하게 반응합니다. 몸의 안전을 위해 언제나 안 좋은 일에 경계태세를 갖추는 편도체 때문이지요. 그래서 한 번의 부정적인 경험을 이겨내려면 열 번의 긍정적인 경험이 필요합니다. 그렇게 해서 좋은 기억이 나쁜 기억을 이기는 것이지요.

평생을 살면서 마음의 상처 한 번 안 받아본 사람이 어디 있겠습니까. 크든 작든 일상 속에서 우리는 끊임없이 서로 상처를 주고받으며 살아갑니다. 무심코 건넨 말 한 마디가 누군가에게는 더할 수 없이 큰 상처가 되기도 합니다. 나의 말 한 마디에 상처받은 누군가가 어디선가 고통의 밤을 보내고 있을지도 모르지요. 지난밤 내가 그토록 아팠던 것처럼 말입니다.

상처를 주고받는다는 건 어쩌면 살아 있음의 또 다른 증거인지도 모르겠습니다. 문제는 상처가 아니라 상처를 대하는 우리의 마음자세입니다. 과거를 되돌릴 수는 없지만 그 과거를 바라보는 생각은 얼마든지 바꿀 수 있지요.

여름날 아침, 해맑게 피어난 나팔꽃을 만나는 건 신선하고 잔잔한 기쁨입니다. 우리는 그 나팔꽃이 아침 태양의 밝고 따스한 기운을 받아 피어났다고 생각합니다. 그런데 얼마 전에 한 일본 학생의 예리한 관찰기를 읽고 잠시 생각에 빠진 적이 있습니다.

나팔꽃이 아침에 활짝 피어나려면 '밝고 따뜻한 햇살이 아니라, 밤 사이의 어둡고 싸늘함'이 있어야 한다는 사실입니다. 밤에도 아침처럼 따뜻하고 밝게 해주면 정작 아침이 와도 나팔꽃은 피어나지 않는다는 겁니다. 사연을 듣고 보니 나팔꽃 앞에 절로 고개가 숙여집니다.

"애썼다. 밤새 힘들었지?"

밤을 세워본 사람만이 보랏빛으로 물들어오는 새벽하늘의 아름다움을 느낄 수 있고, 울어본 사람만이 웃음의 진정한 의미를 알 수 있으며, 어두운 절망의 바닥에서 헤매 본 사람만이 밝은 희망을 품을 수 있습니다. 혹독한 진통의 과정을 겪은 누이의 상처가 꽃으로 피어나는 것처럼 말입니다.

누이는 아프고 시린 상처에 꽃을 피우기 위해 많은 날들을 다독이고 어루만지며 거름을 주었겠지요. 좋은 기억, 긍정적인 기억들을 모으고 모아 거름을 만들고, 그 거름을 상처의 씨앗 위에 가만가만 덮어 주었을 겁니다. 그 정성이 얼마나 깊었으면 향기까지 품었을까요. 누이의 꽃향기가 여기까지 전해오는 것만 같습니다.

상처받을까 두려워 아무것도 시도하지 못하는 사람들이 있습니다.

겁쟁이라고 해도 심한 말은 아닐 겁니다. 하지만 상처를 보듬고 다독여 꽃으로 피워낼 수 있다고 생각해보십시오. 상처 따위 두려워서 하지 못할 일이 뭐 있겠습니까. 상처는 우리 스스로가 꽃으로 피어날 수 있는 씨앗이자 거름입니다.

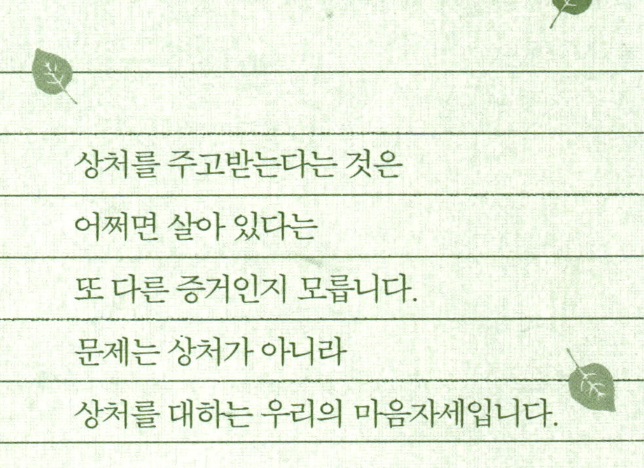

상처를 주고받는다는 것은
어쩌면 살아 있다는
또 다른 증거인지 모릅니다.
문제는 상처가 아니라
상처를 대하는 우리의 마음자세입니다.

흐린 날이면 기분이 가라앉는다. 이유 없이 우울한 마음이 들곤 한다.
하고 싶은 일들이 딱히 생각나지 않는다.

부재(不在)

김춘수

어쩌다 바람이라도 와 흔들면

울타리는

슬픈 소리로 울었다.

맨드라미, 나팔꽃, 봉숭아 같은 것

철마다 피곤

소리 없이 져 버렸다.

차운 한겨울에도
외롭게 햇살은
청석(靑石) 섬돌 위에서
낮잠을 졸다 갔다.

할일 없이 세월은 흘러만 가고
꿈결같이 사람들은
살다 죽었다.

김춘수(1922 - 2004) | 사물의 이면에 내재하는 본질을 파악하는 시를 써서 '인식의 시인'으로 유명하다. 평론가로 활동하기도 했으며 주요 작품으로 〈꽃〉〈꽃을 위한 서시〉 등이 있다.

우울할 때는 울어보세요

늘은 저녁, 덩그마니 혼자 소파에 앉아 있을 때가 있습니다. 우주 공간을 홀로 부유하는 버려진 인공위성 같습니다. 쓸쓸한 저녁입니다. 이러고 살다 생이 끝나는 건 아닐까, 스멀스멀 우울한 기운이 온몸을 감싸옵니다. 옆에 누구라도 있다면 함께 계절을 탓하기라도 할 텐데 말입니다. 코끝이 찡해지면서 가슴 속의 뜨거운 무언가가 목구멍을 치받습니다. 그런데 딱히 울어야 할 명분이 떠오르지 않습니다. 출구를 봉쇄당한 울음이 가슴 안에 쌓여 까맣게 멍이 듭니다. 그런 날들이 반복되고, 분출되지 못한 감정들이 켜켜이 쌓여만 갑니다.

그래서 우울하다는 말을 입버릇처럼 달고 사는 사람들이 있습니다. 입만 열면 우울해 죽겠다고 말합니다. 바로 습관성 우울증에 시달리는 사람들입니다. 그런데 모든 우울, 모든 슬픔의 바탕에는 혹독한 외로움이 깔려 있습니다. 그래서 그들의 푸념을 우울해 죽을 것만큼 외로우니 나를 좀 알아달라는 신호로 해석해도 무리는 아닙니다. 힘들고 버겁고 무겁기만 한 자신의 이야기를 들어줄 상대가 없다고 생각하기 때문입니다. 그래서 세상에 저 혼자인 것만 같아 울고 싶을 만큼 외로운데, 그 울음마저 참다보니 우울증으로 점점 번져가는 것입니다.

스스로가 매우 강한 사람임을 자랑삼는 사람들은 이렇게 말하기도 합니다. "사는 게 다 그런 거지, 저 혼자만 힘든 것처럼 뭐 그렇게 엄살을 떨고 그래."

그러나 엄살이 아닙니다. 우울함을 토로하는 사람들의 행동거지나 표정을 보면 그 고통이 이해되고도 남습니다. 미간에 깊게 패여 있는 주름, 땅이 꺼질 듯한 한숨, 세상의 모든 짐을 짊어진 듯 축 늘어진 어깨, 숙면을 취하지 못해 푸석푸석해진 피부, 핏기 없는 안색…… 결코 괜한 엄살이 아닙니다.

우울감에 몸과 마음을 송두리째 점령당한 것이지요. 모든 게 비관적으로만 느껴집니다. 실연을 당한 것도 아니고, 주변의 누가 세상을 떠난 것도 직장을 잃은 것도 아닌데, 살아가는 매순간이 우울하고 슬프고 비관적이기만 합니다. 생활은 지루하고 무의미하기만 해서 억지로 삶을 이어가고 있다는 생각을 떨칠 수가 없습니다. 속을 모르는 사람들은, 그 좋은 조건으로 왜 저렇게 한심하게 사는지 모르겠다고 타박을 일삼지만, 그들은 스스로도 어쩌지 못하는 습관성 우울증을 앓고 있는 것입니다.

사람의 심성은 참으로 묘해서 우울하다, 죽고 싶다는 말을 되새기다

보면, 그게 마치 사실인 양 생활 전반에 걸쳐 하나의 패턴을 형성하게
됩니다. 중추신경이 부정적인 무드에 휩싸이기 때문인데, 이게 바로
습관성 우울증의 보편적인 형성과정입니다.

우울증의 덫에 걸리지 않으려면 우선 의식적으로라도 긍정적인 생
각을 갖는 게 좋습니다. 예를 들어 "요즘 재미 좋으세요?" 하고 물으
면 그렇다고 대답하는 겁니다. 또 "장사 잘 되시죠?" 하고 물으면 당
연히 잘 되고 있다고 씩씩하게 대답하는 겁니다. 그러면 중추가 어느
새 긍정적인 무드로 바뀌면서 우울감이 쉽게 찾아들지 않는 것이지
요. 물론 이 단계에서 스스로를 보듬고 가다듬을 수 있다면 문제될 게
없습니다. 하지만 안타깝게도 이 단계를 넘어 이미 습관성 우울증에
발목을 잡혀버린 사람들이 많다는 것입니다.

곁에 누운 가족이, 옆자리의 동료가, 마주 앉은 친구가 오늘도 습관
처럼 "우울해…… 우울해서 죽을 것만 같아" 하며 한숨짓는다면 이렇
게 말해보십시오.

"그렇게 슬프고 우울하면 그냥 울어버려"

그리고 다정한 손길로 어깨를 감싸 안아줍니다. 울음과 함께 친구
의 가슴을 시커멓게 멍들게 했던 외로움의 덩어리들이 쏟아져 나오
면, 고개를 끄덕이며 가만히 들어주세요. 그것만으로도 친구는 자신
을 이해해주는 사람이 곁에 있음에 안도하고, 그래서 세상이 참 살만
한 곳이라고 느낄 겁니다.

우울해 죽겠다고 말하는 상대에게 엄살 따윈 집어치우라며 핀잔으

로 일갈하지 마십시오. 그 우울감이 언제 나의 몸과 마음을 잠식할지 모릅니다. 내게도 그런 순간이 찾아와 덜컥 겁이 난다면, 망설이지 말고 눈치 보지 말고 울어버리세요. 억눌린 감정의 응어리들이 까맣게 굳어 병이 되기 전에 말입니다. 짐승 같은 울음이 솟구쳐 흐르는 눈물에 녹아 내리면, 세상은 다시 살 만한 곳이 될 것입니다.

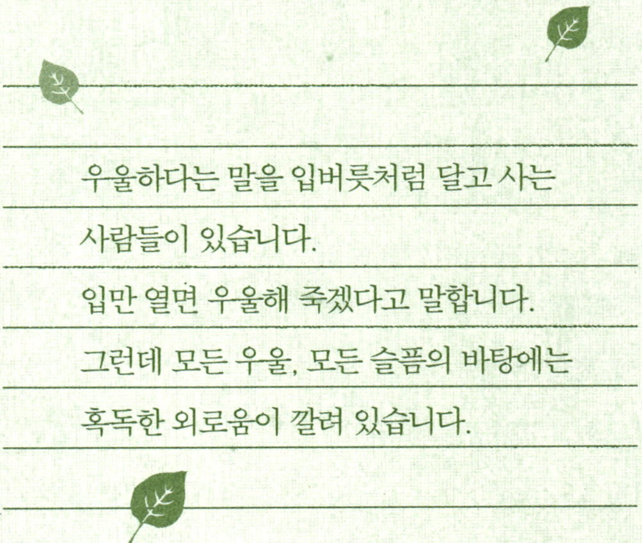

모아놓은 돈이 없어서 소심해졌을 때

잘사는 친구들을 만나기가 꺼려진다, 매사에 소극적으로 행동한다,
가끔은 사는 것이 초라하게 느껴진다.

긍정적인 밥

함민복

시 한 편에 삼만원이면
너무 박하다 싶다가도
쌀이 두말인데 생각하면
금방 마음이 따뜻한 밥이 되네

시집 한 권에 삼천원이면
든 공에 비해 헐하다 싶다가도
국밥이 한 그릇인데
내 시집이 국밥 한 그릇만큼
사람들 가슴을 따뜻하게 데워줄 수 있을까
생각하면 아직도 멀기만 하네

시집이 한 권 팔리면
내게 삼백원이 돌아온다
박리다 싶다가도
굵은 소금이 한 됫박인데 생각하면
푸른 바다처럼 상할 마음 하나 없네

함민복 | 〈눈물은 왜 짠가〉 〈선천성 그리움〉 등 인간미와 진솔함이 살아 있는 따뜻한 시를 많이 써왔다.
1996년부터 강화도 화도면 동막리에서 바다를 벗 삼으며 전업 작가로 살고 있다.

절실하면 강해집니다

가난으로 절망해보지 않은 사람 몇이나 될까요. 생활은 불편하고 육신은 남루하며, 자신감은 더할 나위 없이 바닥으로 곤두박질을 칩니다. 웃음기가 사라진 얼굴은 금방이라도 쏟아져 내릴 듯이 버석거리고, 처지고 굽은 어깨는 굳은살처럼 붙박이가 되어갑니다. 절망은 뻔뻔하게도 영역을 넓혀가며 더욱 견고하게 자리를 굳혀갑니다.

아무리 인생사 공수래공수거라지만, 사는 동안 인간으로서 최소한의 도리는 하고 살아야 할 텐데 말입니다. 병원비 걱정이 앞서 맘 놓고 아파하지도 못하는 노모의 잔기침 소리에 그만 가슴이 먹먹해집니다. 등록금을 벌겠다고 노동판에 뛰어든 아들놈의 갈라진 발뒤꿈치를 보면서 슬픔보다 부끄러움이 앞섭니다. 오랜만에 찾아온 고향 친구에게 뜨끈한 국밥 한 그릇 대접하지 못할 만큼의 비루한 삶. 이놈의 가난 앞에서는 대상도 없이 부아가 치밉니다. 그 많은 돈은 다 어디 있는 거냐고 어리석은 질문도 퍼부어봅니다.

그러나 돌아오는 메아리는 비참한 생각만 한가득 실어올 뿐입니다. 가난은 참으로 사람을 서럽게 하며, 비굴하게 만들고 자존심을 상하게 합니다.

저 역시 어려운 학창시절을 보냈습니다. 학비를 벌기 위해 아르바이트를 해야 하는 건 당연했지요. 한 끼 식사를 해결하려고 세 시간을 걸어서 가정교사 일을 하러 가고, 부끄럽게도 수십 차례 피를 뽑아 팔아본 적도 있었습니다. 그땐 다들 형편이 어려웠으니까요. 방 세 개에서 열세 명의 식구가 함께 살았다고 생각해보십시오. 3, 40평 아파트에서 네다섯 명의 가족이 살고 있는 오늘날에는 상상하기 어려운 일입니다.

사실 가난에 발목을 잡혀보지 않은 사람은 절망의 틈 사이로 스미는 한 줄기 그 눈부신 희망을 알기 어렵습니다. 하지만 절망이 깊을수록 희망의 빛은 더 선명하고 밝게 빛나기 마련입니다. 굶주린 호랑이의 눈빛을 한 번 떠올려 보십시오. 팽팽하게 당겨진 근육엔 힘이 넘실거리고, 호시탐탐 먹이를 노리는 눈빛에서는 당장이라도 불꽃이 일 것만 같습니다. 굶주림의 극한까지 가보지 않고서는 사냥의 간절함이 생기지 않는 것처럼, 절망의 바닥까지 떨어져보지 않고서는 다시 박차고 올라올 의지도, 힘도 생기지 않는 법입니다. 챔피언을 열망하는 복서의 헝그리 정신보다 더 강력한 펀치는 없는 것처럼 말입니다.

가난은 절실함을 낳고, 그 절실함은 투지를 불사를 계기를 만듭니다. 같은 일을 해도 그저 호기심에 취미삼아, 경험삼아 하는 일은 그

결과가 불을 보듯 뻔합니다. 그들은 조금이라도 자신의 기대에서 어긋나면 견디지 못하고 이내 포기하고 맙니다. 그러나 그게 아니면 안 될 만큼 절실한 사람들에게 포기란 있을 수 없습니다. 그게 바로 가난한 자의 저력이요, 재산입니다.

그러나 여전히 가난이 불편하고 부끄럽고 화나고, 그래서 스스로가 한심하고 세상이 원망스럽기만 한 사람들에게 가난이 재산이라는 말은 어쩌면 배부른 소리에 불과할지도 모릅니다. 그렇더라도 믿을 수밖에요. 절망이 영혼을 잠식하도록 버려둘 수는 없는 일입니다. 가난이 곧 재산임을 믿는 사람만이 절망의 늪에서 헤어날 수 있으니까요.

스스로 보잘것없다고 치부한 나의 능력과 나의 하루벌이가 누군가에게는 더할 나위 없이 따뜻한 국밥이 되고, 누군가에게는 없어서는 안 될 소금이 되며, 또 누군가에게는 한동안 끼니 걱정을 잊게 할 든든한 쌀이 된다고 생각해보십시오. 절망으로 가득 차 있던 가슴에 두둑한 배짱이 차오를 겁니다.

절망스럽기만 한 가난이지만, 그 절망이 스스로를 반성하고 일어서게 할 때, 가난은 긍정의 밥으로 되돌아옵니다. 긍정의 힘이 발휘하는 그 엄청난 효과는 더 이상의 설명이 필요치 않습니다.

호시탐탐 먹이를 노리는 눈빛에서는

당장이라도 불꽃이 일 것만 같습니다.

굶주림의 극한까지 가보지 않고서는

사냥의 간절함이 생기지 않는 것처럼,

절망의 바닥까지 떨어져보지 않고서는

다시 박차고 올라올 의지도, 힘도 

생기지 않는 법입니다.

단식(斷食)

김종제

여름 햇살에 굳게 빗장 걸린

문門을 열고 나가보니

이 세상 단식斷食해야 할 것이

왜 이렇게 많은 것이냐

배 부른 저 항아리 독 같은 산과 바다와

그 속에 기어 들어가

병든 짐승처럼 헐떡이는 나와

뱃속에 가득 들어찬 것들

다 비워야 하는 것이다

사방 천지에 그득 그득 퍼질러 놓고

치우지도 않아

지독한 냄새 풍기며 썩어가는 풍경

백지白紙처럼 비우는 것이다

너무 먹어 탈이 났으니

숲도 절벽도

구름 위로 날아가는 새도 들어내고
물도 섬도 지나가는 배도 들어내고
오래된 와불臥佛처럼 눕는 것이다
곡기를 끊어 버리고
물 한 모금도 사치스러워
침묵의 투쟁을 시작하는 것이다
내 속에 가득 들어찬
자유도 무기도 똥으로 쏟아내고
얼음도 불도 오줌으로 눠버리는 것이다
배불러 찌들은 내 속의 마음도
단식斷食해서 밖으로 다 걸러내어
드디어 흰 뼈와 붉은 피만 남으면
이 세상의 입속에 가득 가득
흡족한 사랑을 죽처럼 먹이는 거야
투쟁의 단식斷食을 하는 것이다

김종제 | 물, 바람, 소리 등을 통해 인간 실존의 탐구라는 주제를 예술적 차원으로 끌어올렸다는 평가를 받고 있다. 시집《세상에서 사랑한 단 한 사람이여 내 안에 피어 있는 아름다운 꽃이여》등이 있다.

작은 것부터 바꿔보세요

매일매일 블로그에 일기를 쓰는 젊은 친구가 있습니다. 이웃에게 공개되는 그 일기의 내용은 8, 90퍼센트가 술에 관한 이야기입니다. 어제는 누구와 술을 마셨다, 오늘 저녁은 누구와 술 약속이 있다, 며칠 전에 처음 갔던 술집이 있는데 참 괜찮더라, 누구와 술을 마셨는데 무슨무슨 이야기로 언쟁이 있었다, 오늘 저녁에 회식이 있는데 횟집보다는 고깃집이었으면 좋겠다…… 등등입니다.

그리고 나머지 대부분은 술을 많이 마셔서 몸이 힘들다, 낼부터는 일주일에 한 번만 마시리라, 술 약속을 줄여야겠다, 술을 끊기 위해 어학원에 등록해야겠다 등의 내용입니다.

그 친구는 일주일에 서너 번 술을 마시고, 일주일의 반 이상을 후회하고, 일주일의 대부분을 술을 끊겠다고 다짐합니다. 흐르는 강물처럼 그의 몸과 머릿속에는 술에 대한 생각이 끊임없이 흘러가는 모양입니다. 그는 결국 인생의 반은 술을 마시고, 나머지 반은 술 마신 일을 후회하며 살아가는 셈입니다.

다이어트가 인생의 최대 과제인 친구도 있습니다. 살을 빼겠다고 한의원도 가고 저녁도 굶는 모양입니다. 그런데 그 친구가 운동을 한다는 이야기는 들어본 적이 없습니다. 다이어트를 위해서가 아니라 그냥 건강을 위해서 운동을 하다보면 자연스레 살도 빠질 텐데 말입니다. 가끔 그 친구와 마주치면 어디 아픈 거 아닌가 싶게 핼쑥해 보이는가 하면, 어느 날은 같은 사람인가 싶게 부얼부얼해져 있기도 합니다. 아마 요요 현상인가 봅니다.

이런 생활상이 비단 이 친구들만의 이야기는 아닐 겁니다. 문명의 이기가 불러온 편의와 쾌적함의 추구, 소비의 과잉 등이 만들어낸 현대인의 자화상이겠지요. 이 심각한 폐해 앞에 작은 것부터 자신을 서서히 바꾸는 변용(transformation)의 용기가 필요합니다.

하지만 어떻게 해야 변화를 이룰 수 있을까요. 인간의 어떤 행동도 단일적으로 독립해 있는 건 없습니다. 어느 특정 습관을 형성하는 뇌회로도 다른 여러 가지 회로와 복잡하게 얽혀 있어서, 한 가지 습관을 바꾼다는 것은 어쩌면 인간 전체를 바꾸는 일이기도 합니다. 그런 만큼 하루아침에 강제적으로 어떻게 해볼 수 있는 문제는 아닙니다.

더군다나 모든 교육의 원리는 강제로 시켜선 오래 가지 않는다는 특징이 있습니다. 스스로 느껴서 결심하지 않으면 역효과를 불러옵니다. 보통 병원에서는 술 안 끊으면 죽습니다, 체중 안 줄이면 심장이 위험

해져요, 운동 안 하면 고혈압으로 쓰러집니다 등의 위협적인 말들을 쏟아냅니다(실은 위협이 아니고 엄연한 사실이지요). 순간 덜컥 겁을 집어먹은 환자들은 의사를 향해 고개를 주억거리며 시키는 대로 뭐든 하겠노라고 다짐의 다짐을 합니다.

그 다짐은 과연 얼마나 유효할까요? 작심삼일? 3일도 길지 않나 싶습니다. 이런 외발적(外發的) 동기부여가 오래 가지 못한다는 건 경험 많은 의사라면 모두가 알고 있습니다. 특히 중독성을 띤 생활 패턴을 바꾸고자 할 때는 스스로 느껴서 고쳐야겠다는 생각이 우선하지 않으면 그 효과는 0퍼센트입니다. 다시 말해서 내발적(內發的) 동기 부여가 따라야 한다는 말입니다. 시간이 좀 걸리기는 해도 이보다 확실한 방법은 없습니다. 알코올중독이 아니라면 금주보다 절주가 슬기로운 전략이고, 한 번도 운동을 해본 적이 없다면 일주일에 두어 번 정도로 시작하는 게 좋습니다. 하루아침에 일어난 변화는 하루아침이면 다시 원점으로 돌아가기 때문입니다.

"금연? 그게 뭐 그리 힘들어? 나는 100번도 더 끊었다."

마크 트웨인의 유명한 이 말처럼 습관적으로 해오던 어떤 행위를 끊는다는 건 그리 쉬운 일이 아닙니다. 지난한 노력의 시간이 필요하지요. 이때 이미지 요법을 함께 병행하는 것도 도움이 됩니다. 자신의 변화된 모습을 떠올리면 우리의 뇌는 자동으로 그 방향으로 움직이는데, 이게 바로 대뇌의 장점이지요. 생각이나 상상만으로도 현실인 양 똑같은 반응이 뇌 속에서 일어나는 겁니다. 뇌의 이런 특징을 활용해

치료효과를 올리는 심리 방법이 바로 이미지요법입니다.

긍정적인 이미지가 뇌에 각인되면 생각이 바뀌고, 생각이 바뀌면 행동이 바뀌고, 행동이 바뀌면 습관이 바뀝니다. 그리고 마침내 습관이 바뀌면 운명이 바뀝니다. 작은 일에도 감동하고 거기서 충분히 행복을 얻는 사람, 환희를 즐기되 결코 빠져들지 않으며, 화가 나도 합리적으로 조절해가는 사람, 그런 차분한 열정의 인간을 그려보는 겁니다. 그게 바로 얼마 후 나의 모습입니다.

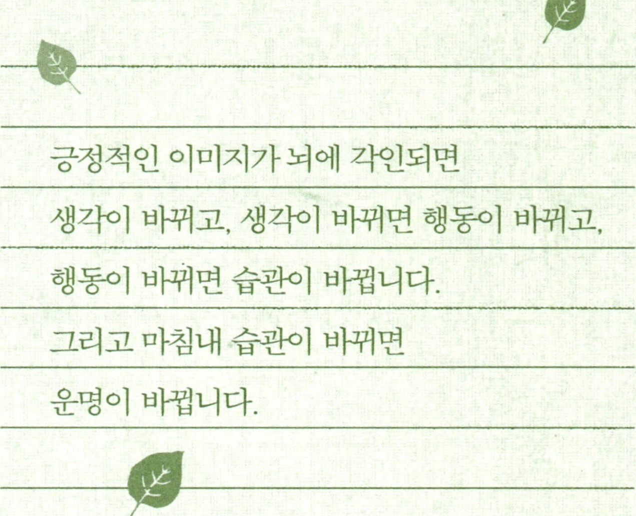

지나온 시간들이 후회스러울 때

내 인생에 가을이 오면

윤동주

내 인생에 가을이 오면
나는 나에게
물어볼 이야기들이 있습니다

내 인생에 가을이 오면
나는 나에게
사람들을 사랑했느냐고 물을 것입니다

그때 가벼운 마음으로 말할 수 있도록
나는 지금 많은 사람들을 사랑하겠습니다

내 인생에 가을이 오면
나는 나에게
열심히 살았느냐고 물을 것입니다

그때 자신 있게 말할 수 있도록
나는 지금 맞이하고 있는 하루하루를
최선을 다하며 살겠습니다

내 인생에 가을이 오면
나는 나에게
사람들에게 상처를 준 일이
없었냐고 물을 것입니다

그때 자신 있게 말할 수 있도록
사람들을 상처 주는 말과
행동을 하지 말아야 하겠습니다

내 인생에 가을이 오면
나는 나에게
삶이 아름다웠느냐고 물을 것입니다

그때 기쁘게 대답할 수 있도록
내 삶의 날들을 기쁨으로 아름답게
가꾸어 가야겠습니다

내 인생에 가을이 오면

나는 나에게

어떤 열매를 얼마만큼 맺었느냐고

물을 것입니다

그때 자랑스럽게 말할 수 있도록

내 마음 밭에 좋은 생각의 씨를 뿌려 놓아

좋은 말과 좋은 행동의 열매를

부지런히 키워야 하겠습니다

윤동주(1917~1945) | 일제강점기에 어둡고 가난한 생활 속에서 인간의 삶과 고뇌를 사색하는 시를 많이 썼다. 주요 작품으로 〈서시〉 〈하늘과 바람과 별과 시〉 〈별 헤는 밤〉 등이 있다.

지금 여기에 내가 있습니다

우리는 유독 가을만 되면 덧없이 흘러보낸 날들에 후회의 한숨을 내쉽니다. 여름 한철, 뜨거운 태양과 거친 태풍을 야무지게 견뎌내고, 기꺼이 풍성함을 베푸는 이 계절 앞에만 서면 부끄럽기까지 합니다. 이내 다가올 냉혹한 겨울을 생각하면, 이뤄놓은 것도 없이 함부로 떠나보낸 날들이 견딜 수 없어 제 발등을 찍고 싶을 정도입니다.

살아가면서 자기성찰의 시간은 당연히 필요합니다. 결실의 계절을 보내노라면 더더욱 그런 생각이 들게 마련이지요. 그런데 문제는 현대인들의 특징 중 하나가 지나치게 지난 일로 고민하고 분노하고 후회한다는 겁니다. 이미 지난 일을 후회한들 돌이킬 수 없다는 걸 뻔히 알면서도 과거에 매달려 지금의 삶마저 망쳐버리고 마는 것이지요.

"오늘이 마지막인 것처럼 살자. 지금 이 순간이 내게 주어진 마지막인 양 살자." 크리슈나무르티의 말처럼 우리에게 중요한 것은 과거도 미래도 아닌 오직 '지금 여기Here Now', 바로 이 순간입니다. 우리가 살고 있는 이 순간은 어제도 내일도 아닌 바로 지금이니까요. 이 순간을 최선을 다해 살아내면 그 하루하루가 쌓여 값진 과거가 되는 것입니다.

어떤 사람들은 "사람이 어떻게 당장만 보고 살아? 과거도 되새기고 미래도 설계해야지" 하고 말합니다. 물론 맞는 말입니다. 지금 이 순간을 중요하게 여기라는 것은 당장만을 생각하라는 의미가 아닙니다. 그만큼 소중하게 집중해서 현재를 살라는 뜻입니다. 한 번 흘려보낸 시간은 영원히 다시 돌아오지 않는 것, 어찌 아무렇게나 흘려보낼 수 있겠습니까.

정신과 수업을 들으면서 뉴욕 히피촌에서 얼마간 생활한 적이 있습니다. 1960년대 히피는 '진짜' 히피였습니다. 면도는 물론 샤워도 하지 않고 맨발에 장발, 누더기 옷에 영락없는 거지꼴이었습니다. 하지만 그들과 함께 지낸 시간은 참으로 소중한 경험이었습니다.

그들에게 차별이란 없습니다. 피부색도 민족도 배경도 묻지 않습니다. 무슨 일을 했는지, 어떤 배경에서 왔는지 등의 과거 따위도 궁금해하지 않습니다. 앞으로 무슨 일을 할 것인지도 상관하지 않습니다. 그들에게는 오직 '지금 있는 그대로의 너'가 소중할 뿐입니다. 현재를 누구보다 사랑하고, 노래하고 춤추며 서로 껴안고 뒹구는, 진정 평화의 천사들이었습니다. 그들의 영혼은 순수하고 맑기가 이를 데 없었습니다. 부질없는 집착과 후회, 편견에 사로잡혀 있던 나로서는 솔직히 그들이 존경스럽고 부럽기도 했습니다.

그들에게는 '지금, 여기에' 있는 내가 세상 무엇보다 귀하고 위대한 존재입니다. 그들처럼 현재의 삶을 잘 누리기 위해서는 지금 여기서 무슨 일이 일어나고 있는지 예민하게 느끼고, 무엇보다 깨어 있어야 합니다. 대충대충 건성으로 살아서는 그 경지를 맛볼 수 없을 뿐더러 그 의미조차 깨닫지 못합니다.

그들과 열흘간의 생활을 마치고 기숙사로 돌아왔습니다. 누더기 옷을 벗고 오랜만에 샤워를 했습니다. 그런데 아, 이게 웬일입니까? 그 상쾌함이라니! 물방울 하나하나가 잠든 세포를 일깨웠습니다. 노래가 절로 나오고 마치 날아갈 것처럼 황홀한 기분이었습니다. 자고 일어나면 으레 하던 샤워와는 차원이 다른, 한 번도 느껴보지 못한 그런 기분이었습니다.

몸에 닿는 물방울 하나하나에도 예민하게 깨어 있는 상태, 그게 바로 '집중'이었던 것입니다. 그러기 위해서는 한 번에 한 가지만 해야 하는 건 너무도 당연한 일입니다. 일할 때는 일만 하고, 걸을 때는 걷기만 하고, 먹을 때는 먹기만 하고, 사랑할 때는 오직 사랑만 하는 겁니다. 어제 먹은 갈비보다 지금 내 입 안의 무 한 조각이 더 맛있는 법입니다. '지금 여기에' 집중하면 잃어버린 시간에 대한 자책도, 아직 일어나지 않은 미래의 걱정도 생기지 않습니다. 충실한 오늘은 곧 후회 없는 어제가 되고, 준비된 미래가 되기 때문입니다.

지금 이 순간을 살지 못하는 당신에게 묻고 싶습니다.
"그렇다면 언제, 어느 시간에 살고 싶습니까?"

우리에게 중요한 것은
과거도 미래도 아닌,
지금 이 순간입니다.
지금 이 순간을 최선을 다해 살아내면
그 하루하루가 쌓여 값진 과거가 됩니다.

섬진강 매화꽃을 보셨는지요

김용택

매화꽃 꽃 이파리들이

하얀 눈송이처럼 푸른 강물에 날리는

섬진강을 보셨는지요

푸른 강물 하얀 모래밭

날선 푸른 댓잎이 사운대는

섬진강가에 서럽게 서보셨는지요

해 저문 섬진강가에 서서

지는 꽃 피는 꽃을 다 보셨는지요

산에 피어 산이 환하고

강물에 져서 강물이 서러운

섬진강 매화꽃을 보셨는지요

사랑도 그렇게 와서

그렇게 지는지

출렁이는 섬진강가에 서서 당신도

매화꽃 꽃잎처럼 물 깊이

울어는 보았는지요

푸른 댓잎에 베인

당신의 사랑을 가져가는

흐르는 섬진강 물에

서럽게 울어는 보았는지요

김용택 | 섬진강 연작으로 유명하여 '섬진강 시인'이라고 불린다. 스물한 살에 교사가 되었고, 자신의 모교 임실운암초등학교 마암분교에서 아이들을 가르치며 시를 썼으며 2008년 8월 정년퇴임했다.

마음밭에 물을 주세요

섬진강 매화꽃. 이름만으로도 가슴 끝이 벅차오르는 그 매화꽃을 본 적이 있느냐고 시인이 묻습니다. 얼마 전 이창동 감독의 〈시〉라는 영화를 봤지요. 해 저문 섬진강가에 서서 물결에 떠가는 매화꽃에 서럽게 울어본 적이 있냐고 묻는 그가 시를 가르치는 '시인'으로 나오는 영화였습니다. 한때 우리나라 모든 남성들의 가슴을 설레게 했던 윤정희 씨가 그에게 시를 배우는 주인공이었지요.

주인공이 시인에게 묻습니다.

"선생님, 어떻게 하면 시를 잘 쓸 수 있을까요?"

그러자 시인이 말합니다. 사물을 새롭게 깊이 오래오래 바라보라고. 사과 하나도 무심히 보면 사과에 불과하지만 새롭게 깊이 오래오래 바라보면 사과 이상의 무언가를 찾게 될 거라고. 대략 그런 뜻이었습니다. 주인공은 모든 사물을 애정 어린 눈길로 바라봅니다. 화단에 피어 있는 꽃도, 바람결에 살랑거리는 나뭇잎도, 땅에 떨어진 살구조차도 그녀에게는 모두 의미가 새롭고 신기하고 아름다울 뿐입니다.

시를 쓰고 싶은 주인공의 간절한 마음이 일상을, 자연을, 세상을 바라보는 시선을 사랑으로 바꾸어놓았나 봅니다. '시'라는 게 그런 것이지요. 겉으로 보이는 것이 전부가 아닌, 그 너머를 꿰뚫고 끌어안는 눈과 마음. 그게 바로 '시'입니다.

영화가 끝나고도 한참을 자리에서 일어나지 못했습니다. 한참 동안 자리를 뜨지 못하고 숨죽여 앉아 있던 그 감동의 순간이 저만의 경험은 아닐 것입니다. 인생을 살면서 우리는 매순간 크고 작은 감동들과 마주치게 됩니다. 그 순간들을 외면하는 건 팍팍하고 고단한 우리의 삶 때문입니다.

아스팔트 정글 속에 갇혀 무뎌진 감성, 웬만한 것에는 감흥조차 생기지 않는 과잉 소비의 시대, 학업 스트레스에 길들여져 가는 아이들, 경쟁만이 최상의 당근이자 채찍인 세상, 이게 우리가 살고 있는 현실입니다. 더군다나 잠시 한눈을 팔 시간조차 없이 경쟁 속에서 살아가는 사람들에게 감동은 사치일 뿐입니다. 이러한 경쟁의식은 공격성 호르몬을 분비시켜 우리의 마음 안에 공감보다는 시기와 질투의 방을 키워갑니다. 거기에서는 조용하고 평화로운 감동의 물결이 일어날 수 없습니다. 당연히 삶에 대한 호기심도 생기지 않습니다.

안타깝게도 호기심이 없으면 감흥은 일어나지 않습니다. 20대 젊은 나이라도 마음이 늙어버리면, 제아무리 낯설고 새로운 것 앞에서도 마음이 움직이지 않는 법입니다. 하지만 80대의 몸이라도 마음이 젊으면 섬진강가에 날리는 매화꽃 이파리에도 서러운 눈물이 흐르게 마련입니다. 감동의 파동이 뇌의 최고사령부인 전두전야까지 울려 퍼졌다는 증거입니다. 감동의 물결이 건강뿐만 아니라 삶의 질을 높이는 것은 그래서입니다. 건강하게 장수할 수 있는 비결이기도 합니다.

혹시 빅터 프랭클을 아십니까? 나치 시대 죽음의 포로수용소에서 살아남은 기적의 인간입니다. 얼마나 의지가 강한 사람이면 그곳에서 살아남았을까요. 그런데 그는 자신의 경험을 토대로 '아주 마음이 여린' 사람이 정말로 강한 사람이라고 말합니다.

동료의 시체를 파묻기 위해 떨리는 손으로 삽질을 합니다. 땀을 훔치다가 붉게 물든 석양을 보게 됩니다. 그 황홀한 풍경에 "아! 저길 좀 봐. 어쩌면 저렇게 아름답지!"라고 말하는 사람들. 바로 그런 감성의 소유자들이 결국 끝까지 살아남는다고 합니다. 그러나 "그게 무슨 대수야. 내일이면 우리가 묻힐 참인데!"라고 말하는 사람들은 오래 버티지 못하고 안타까운 운명을 맞이하고 만다는군요.

인공위성과 별빛을 가려낼 줄 아는 사람, 주워온 조약돌 하나도 보물처럼 간직하는 사람, 책을 읽느라 깊어진 눈으로 새벽을 맞이하는 사람, TV 다큐멘터리를 보고 슬며시 눈가를 훔치는 사람, 한 송이 들꽃 앞에 한동안 걸음을 멈춰선 사람, 그들이 바로 진정으로 강한 사람들입니다.

가만히 떠올려보세요. 당신에게도 크고 작은 일에 쉽게 감동하고,

가슴 벅차했던 순간들이 분명히 있었을 겁니다. 시를 써도 될 만큼 예민한 감성으로 충만하던 그 시절들 말입니다. 새벽을 뚫고 붉게 솟아오르는 태양에 가슴이 멎을 것만 같던 정동진의 해맞이, 전철을 타고 한강을 건너다 문득 마주한 불타던 노을, 무심코 올려다본 하늘에 걸려 있는 낮달의 수줍음, 골목길 모퉁이를 돌다 맞닥뜨린 녹슨 세발자전거의 아련한 추억…….

너무도 황홀해서 코끝이 찡해지던 그 아름다운 순간들. 현실을 외면한 감상 타령이 아닙니다. 가을이어서도 아닙니다. 한때 마음 밭을 촉촉하게 적시던 당신의 살아 있는 감정들입니다. 바쁜 걸음을 멈추고 잠시 확인해보세요.

오늘도 거르지 않고 당신의 마음밭에 물을 주었습니까?

젊은 시절의 나를 자주 떠올린다.
나이 드는 것이 슬퍼진다. 일을 하고 싶어도 자신이 없다.

청춘

사무엘 울만

청춘이란

인생의 어느 한 시기가 아니라

마음가짐을 뜻하나니

장밋빛 볼, 붉은 입술, 부드러운 무릎이 아닌

풍부한 상상력과 왕성한 감수성과 의지력

그리고 인생의 깊은 샘에서 솟아나는 신선함을 뜻하나니

청춘이란

두려움을 물리치는 용기,

안이함을 뿌리치는 모험심,

그 탁월한 정신력을 뜻하나니

때로는 스무 살 청년보다

예순 살 노인이 더 청춘일 수 있네.

누구나 세월만으로 늙어가지 않고

이상을 잃어버릴 때 비로소 늙어가나니

세월은 피부에 주름살을 만드나
열정을 가진 마음을 시들게 하지는 못하네.
근심과 두려움, 자신감을 잃는 것이
우리의 기백을 죽이고 마음을 시들게 하네.

그대가 젊어 있는 한
예순이건 열여섯이건
가슴속에는 경이로움을 향한 동경과 아이처럼 왕성한 탐구심과
인생에서 기쁨을 얻고자 하는 열망이 있는 법.

그대와 나의 가슴속에는 마음과 마음의 안테나가 있어
인간과 신으로부터 아름다움과 희망, 기쁨, 용기와
힘의 영감을 받는 한 언제까지나 청춘일 수 있네.

영감이 끊어지고
정신이 냉소의 눈에 덮일 때
비탄의 얼음에 갇힐 때
그대는 스무 살이라 하더라도 늙은이라네.
그러나 머리를 높이 들고 희망의 물결을 붙잡고 있는 한
그대는 여든 살이어도 늘 푸른 청춘이라네.

사무엘 울만(1840~1924) | 독일에서 태어나 열한 살 때 부모를 따라 미국으로 이주했다. 남북전쟁에
참전 시 바로 옆에서 포탄이 터지는 바람에 왼쪽 귀가 멀었다. 〈청춘〉은 그가 78세에 쓴 시다.

늦게 피는 꽃이 화려합니다

우리나라 사람들은 상대의 나이에 관심이 참 많습니다. 처음 만나 인사를 나눌 때도 빠뜨리지 않고 묻는 말 중에 하나가 서로의 나이입니다. 평소 나이는 숫자에 불과할 뿐이라고 말하면서도 말입니다.

특히 남성들 사이에서 나이는 꽤나 중요한 사안이지요. 그런데 젊은 날에는 얕보이지 않으려고 한 살이라도 더 올려 말하던 나이를, 어느 날부터인가 슬슬 낮춰 말하는 자신을 발견하게 됩니다. 외모 지상주의의 시대를 살아가는 여성들은 말할 것도 없지요. 물론 살아온 날들이 많다거나, 나이 따위는 신경 쓰지 않고 살아서 얼른 떠오르지 않을 때도 있습니다. 어쨌거나 나이를 먹는 일이 달갑지 않게 느껴지는 건 인지상정인 모양입니다.

문제는 이런 상태가 심해지면 피해의식으로 발전한다는 데 있습니다. 누가 쳐다만 봐도 자신이 늙어보여서 그렇다고 느끼며, 잠시라도 혼자가 되면 모두가 자신을 따돌린다고 생각합니다.

사실 몸이 늙는 것은 자연스러운 변화며, 당연히 받아들여야 할 순리입니다. 하지만 사람은 생리적으로 그렇게 빨리 늙지 않습니다. 나이가 들어도 일상생활에 지장을 줄 만큼 신체기능이 저하되지는 않는다는 뜻입니다. 인간은 평소 신체 각 부위의 장기를 최대 능력 대비 20퍼센트 정도만 쓰기 때문에, 나이와 체력은 지극히 개인적인 차이만 있을 뿐입니다. 그런데도 전에 비해 체력도 떨어지고, 무슨 일을 해도 옛날 같지 않다고 느낍니다. 구부정한 허리, 느릿한 걸음걸이, 주름진 얼굴, 모든 게 쇠잔해진 것만 같습니다. 늙는다는 것에 대한 두려움이 우리의 노화를 재촉하는 것이지요.

혹시 'YO세대'라는 말을 들어보셨는지요? Young Old의 의미로 에이징 파워(Aging Power)를 뜻합니다. 에이징 파워는 나이가 들수록 더 강해지고 깊어지는 능력으로 진행형의 역동적인 개념을 말합니다. 또, 보호를 필요로 하는 약자가 아니라 건강과 경제적 능력을 바탕으로 하는 능동적 소비자라는 의미에서 스트롱 시니어(strong senior), 신감각 고령자, 건강한 연장자라는 의미에서 액티브 시니어(active senior)라고 합니다. 말 그대로 활동적인 삶을 살고 있는 고령자들이라는 의미지요.

이처럼 나이를 먹는다는 건, 더 이상 힘 빠지고 쓸쓸하고 우울한 일이 아닙니다. 그런 감정들은 게으른 사치에 불과합니다. 린드버그가 〈바다의 선물〉에서 "60회 생일, 오늘부터 내 인생의 오후가 시작된다"고 말한 것처럼 새로운 인생이 열리는 것입니다. 이 얼마나 흥분되고 설레는 시작입니까.

　이제 새롭게 시작되는 오후를 준비해야 할 때입니다. 오후뿐만이 아니라 해 저문 밤거리를 거닐 준비도 해야 합니다. 누가 나의 인생을 대신해주겠습니까? 자식? 사회? 천만에요. 그런 기대는 접어두세요. 그거야말로 사치스런 바람일 뿐입니다. 오전을 시원찮게 보낸 사람일수록 오후 시간은 더 열심히 뛰어야 합니다. 그렇다고 두려워 할 필요는 없습니다.

　누군가 노인력老人力이라는 매력적인 말을 한 기억이 납니다. 건망증이 오거든 '나쁜 것, 싫은 것들을 잊을 수 있는 능력'이 생긴 거라고 믿고, 정력이 떨어지거든 '세속적 욕구에 집착하지 않을 능력'이 생긴 거라고 받아들이라고 합니다. 생각을 바꾸면 새로운 능력이 생깁니다. 바로 긍정의 힘이지요.

　숱한 실패와 실수로 얼룩진 젊은 날일랑 미련 없이 떠나보내세요. 보다 원숙하고 풍요로워진 오후를 열망하며 새로운 '청춘'을 맞이하는 겁니다. 외로움도 축복이듯이 나이를 먹는 것 또한 하나의 축복입니다. 통찰은 나이가 들수록 깊어지는 법이고, 맛은 묵을수록 진해지는 법입니다.

노인력(老人力)이라는
매력적인 말이 있습니다.
건망증이 오거든 '나쁜 것,
싫은 것들을 잊을 수 있는 능력'이
생긴 거라고 믿는 것이지요.
이렇게 생각을 바꾸면
새로운 능력이 생깁니다.
바로 긍정의 힘이지요.

답답한 도시를 잠시 떠나고 싶을 때

자동차의 매연과 소음에 두통이 난다. 사방이 콘크리트로만 보인다.
사람들로 꽉 찬 지하철을 보면 현기증이 밀려온다.

늙고 병든 이 세상에게

정현종

자꾸 자꾸 물을 줘야 해요

나무도 사람도 죽지 않게

죽음이 공기처럼 떠도는 시절에

그게 우리가 숨 쉬는 이유

그게 우리가 꿈꾸는 이유

당신의 마음, 당신의 몸은

얼마나 깊은 샘입니까

사람의 기쁨과 슬픔의 가락으로

그 보석의 가락으로 솟는 샘

가슴도 손도 꽃피고

나무와 풀

집과 굴뚝들도 꽃피게

초록초록 자라게

땅의, 보석의,

온몸의 가락을 다해 솟는 샘

하룻밤 자고 나면

한 뼘씩 자라는 굴뚝의 어린 시절

던지는 돌에 날개 돋는 어린 시절

돛 단 지평선의 어린 시절

오, 경이의 어린 시절,

늙고 병든 이 세상에게

그 시절을 되찾아주게!

정현종 | 연세대 국문과 교수를 역임했다. 물질화된 사회 속에서 매몰되어 가는 인간의 순수한 영혼에 대해 노래하는 시를 많이 썼다. 주요 작품으로 〈사랑할 시간이 많지 않다〉 〈나는 별 아저씨〉 등이 있다.

가끔은 일상을 떠나보세요

여름 한철, 피서지는 또 몸살을 앓았겠네요. 한꺼번에 몰려든 피서객들로 산이며 바다며 온통 난리도 아닙니다. 산과 바다와 들이 자리를 내어주느라 아팠던 만큼 우리의 몸과 마음은 얼마나 건강해졌을까요?

쳇바퀴처럼 반복되는 일상 속에서 언제든 훌쩍 떠날 수 있는 자유와 낭만은 모든 현대인들의 꿈입니다. 7, 8월에 휴가가 집중되어 있는 우리로서는 더더욱 그렇지요. 매일매일 빡빡하게 채워진 스케줄. 이리저리 뜯어보고 머리를 쥐어짜도 여름휴가나 명절 연휴가 아니면 며칠 시간을 빼내기란 하늘의 별을 따는 것만큼이나 어려운 일입니다. 일주일 이상 해외여행이라도 하려면 1년 전부터 이리저리 일정을 짜맞춰 계획을 세워야 하는 게 보통사람들의 현실입니다.

그런 사람들을 위해 '도깨비여행'이니 뭐니 해서 무박 3일이나 2박

4일짜리 해외여행 상품들이 쏟아져 나옵니다. 대부분 주말을 이용해 번갯불에 콩 볶듯이 후다닥 다녀오는 패키지 상품이지요. 누가 쫓아오기라도 하는 것처럼 분주하게 일정에 따라 움직이는 여행. 그런 여행을 통해서 과연 우리는 어떤 위안을 얻을 수 있을까요. 누적된 몸의 피로와 정신의 쫓김. 그렇게 벗어나고 싶어 하던 도심에서의 일상을 장소만 옮겨서 반복하고 있는 것은 아닐까요.

현대를 살아가는 우리들은 참 많은 일을 합니다. 특히 우리나라 사람들의 노동 시간은 세계적으로도 단연 일등이지요. 게다가 딱히 낮밤의 구별도 희미해졌습니다. 사람은 자연의 이치에 따라 해가 뜨면 일어나서 일하고, 밤이 되면 집에 돌아와 휴식을 취하고 잠을 청해왔습니다. 그러나 문명의 도시는 밤을 몰아냈고, 그 대가로 우리는 숱한 질병을 얻었습니다. 만성 피로와 수면 부족 등을 호소하는 사람들이 늘어만 갑니다. 자연의 섭리를 거스르고 있기 때문입니다.

치열하지 못하면 살아남기 힘든 이 시대를 살아가는 우리들의 안타까운 현실입니다. 그 치열함 뒤에 누리는 작은 행복을 간과한 채 앞으로 앞으로 내달리기만 합니다. 하다못해 집 안에서 키우는 화초도 틈틈이 베란다에 내놓아 신선한 공기도 마시게 하고, 규칙적으로 물도 주지 않습니까. 그렇게 다독이고 보살펴야 싱그러운 잎도 매달고, 때가 되면 다투어 꽃도 피우고 하니 말입니다. 베란다에서 맘껏 휴식을 취하고 있는 화초를 바라보다 문득 '저만도 못한 삶을 살고 있는 것은 아닌가' 하는 생각도 들 겁니다.

그럴 때는 주저 없이 일어나 밖으로 나가보세요. 근사한 유럽여행이나, 호화 선상 크루즈가 아니어도 휴식을 취할 수 있는 방법은 얼마든지 있습니다. 아파트 뒷산의 약수터는 물론 도심 근교의 크고 작은 산들과 주말농장, 그리고 곳곳의 휴양림들까지 맘만 먹으면 멀지 않은 곳에 우리의 심신을 쉬게 할 곳은 얼마든지 있습니다.

그윽한 숲의 향기가 폐부를 가르도록 크게 호흡도 하고, 맨발로 폭신한 낙엽도 밟아보고, 새들의 지저귐에 귀도 기울이고, 우수수 나뭇잎을 흔들며 지나가는 바람결도 느껴보고, 그러다 힘들면 그대로 누워 울울창창한 나뭇잎 사이로 얼핏얼핏 비치는 햇살의 수줍음도 느껴보는 겁니다. 또 공동으로 일구는 주말농장에서 맨발로 흙 속을 헤집으며 감자나 고구마도 캐고, 용기 내어 아이처럼 뒹굴어도 보고, 그렇게 생명의 모체인 대지에 입맞춤이라도 해보는 겁니다. 그러면 절로 탄성이 흘러나올 겁니다.

"아! 이 여유로움, 이 느긋함, 이 풍성함!"

이왕이면 울창한 숲이나 깊은 산골이 좋습니다. 시원한 바닷가나 탁 트인 전망도 나쁠 건 없지만, 거기엔 심리적으로 'ego-out', 즉 자아가 저 멀리 밖으로 나가기 때문에 자신을 돌아볼 수 있는 기회가 생기지 않습니다. 그러나 숲속에서는 'ego-in'의 심리 상태가 되어 자연스럽게 의식이 내면으로 흐르게 됩니다.

바쁘다는 핑계로 우리는 자신을 돌아보는 일, 자신과 대면하는 일을 피하려 합니다. 늙은 여배우가 거울을 멀리하듯, 자신의 피로한 모습을 떠올리는 것 자체가 달가운 일은 아니니까요. 그렇기 때문에 더더욱 자연의 도움이 필요한 것이지요. 늘 먼 곳을 꿈꾸고 여행을 계획하는 우리의 마음 바닥에 샘솟는 본능적 욕구는 자연으로의 회귀이기 때문입니다. 그리고 이런 휴식의 과정을 통해서 우리가 궁극적으로 얻게 되는 것이, 바로 거울을 마주하듯 자연스럽게 자신과 대면하는 일입니다.

자, 이제 어깨에 쌓여 있는 묵은 짐은 내려놓으세요. 거미줄처럼 얽히고설킨 생각들도 걷어버리시고요. 그리고 숲을 향해, 대지를 향해 떠나는 겁니다. 그곳에는 휴식과 함께 또 '다른 나'가 기다리고 있을 것입니다.

여기저기 아픈 곳이 많아질 때

몸이 자주 쑤시고 아프다, 주변에 아픈 사람들이 많아졌다.
건강식품에 지나치게 관심을 갖는다.

병에게

조지훈

어딜 가서 까맣게 소식을 끊고 지내다가도
내가 오래 시달리던 일손을 떼고 마악 안도의 숨을 돌리려고 할 때면
그때 자네는 어김없이 나를 찾아오네.

자네는 언제나 우울한 방문객
어두운 음계音階를 밟으며 불길한 그림자를 이끌고 오지만
자네는 나의 오랜 친구이기에 나는 자네를
잊어버리고 있었던 그 동안을 뉘우치게 되네.

자네는 나에게 휴식을 권하고 생生의 외경畏敬을 가르치네.
그러나 자네가 내 귀에 속삭이는 것은 마냥 허무
나는 지그시 눈을 감고, 자네의
그 나직하고 무거운 음성을 듣는 것이 더없이 흐뭇하네.

내 뜨거운 이마를 짚어 주는 자네의 손은 내 손보다 뜨겁네.
자네 여윈 이마의 주름살은 내 이마보다도 눈물겨웁네.

나는 자네에게서 젊은 날의 초췌한 내 모습을 보고

좀더 성실하게, 성실하게 하던

그날의 메아리를 듣는 것일세.

생에의 집착과 미련은 없어도 이 생은 그지없이 아름답고

지옥의 형벌이야 있다손 치더라도

죽는 것 그다지 두렵지 않노라면

자네는 몹시 화를 내었지.

자네는 나의 정다운 벗, 그리고 내가 공경하는 친구

자네는 무슨 일을 해도 나는 노하지 않네.

그렇지만 자네는 좀 이상한 성밀세.

언짢은 표정이나 서운한 말, 뜻이 서로 맞지 않을 때는

자네는 몇 날 몇 달을 쉬지 않고 나를 설복說服하려 들다가도

내가 가슴을 헤치고 자네에게 경도傾倒하면

그때사 자네는 나를 뿌리치고 떠나가네.

잘 가게 이 친구

생각 내키거든 언제든지 찾아 주게나.

차를 끓여 마시며 우린 다시 인생을 얘기해 보세그려.

조지훈(1920년 ~ 1968) | 대표적인 청록파 시인. 주로 자연, 무속, 선 등을 소재로 한 민족적인 색채가 짙은 시를 많이 썼다. 시집으로 《청록집》《조지훈 시선》 등이 있다.

내 몸에 귀 기울여보세요

긴장 속에 살 땐 못 느끼다가 그 긴장을 놓아버리는 순간, 갑자기 몸 여기저기가 아파본 경험은 누구나 있을 겁니다. 딱히 어디라고 꼬집어 말할 수도 없습니다. 뼈 마디마디가 쑤시는 것 같고, 속이 더부룩하니 소화가 안 되는 것도 같습니다. 머리는 지끈거리고 어깨는 돌덩이를 매단 것처럼 무겁기만 합니다.

'월화수목금금금'을 보낸 후 긴장이 풀리면 이런 증상은 더더욱 심해집니다. '혹시?' 하는 생각도 듭니다. 자석에라도 이끌린 듯 컴퓨터 앞에 앉습니다. 꽤나 심각한 표정으로 암 관련 징후들을 찾아봅니다. 다행히도 증상은 몸살입니다. 일주일 동안 쉬지 않고 내달린 몸이 이제 좀 쉬고 싶다고 신호를 보내는 것이지요.

건강에 이상이 생기면 내 몸이 먼저 알아차리고 신호를 보냅니다. 마치 자동차의 달라진 엔진소리처럼 말입니다. 그런데 타고 다니는

자동차는 정기적으로 검사하고, 애지중지 보살피면서 정작 스스로의
몸 관리에는 소홀한 게 보통입니다. 지금껏 잘 달려왔으니 앞으로도
그럴 거라고 막연하게 믿는 것이지요.

그러다 어느 날 문득, 거침없이 달리기만 하던 몸뚱이가 인생의 한
복판에서 덜커덕 멈춰 서버리고 맙니다. 분명히 오래전부터 몸이 신
호를 보냈을 텐데 말입니다. 간이 힘들어 하니 술을 좀 줄여달라고,
폐가 아프니 담배를 끊어주면 안 되겠냐고, 잠이 부족해서 늘 피곤하
다고, 그러니 좀 쉬고 싶다고 몸이 분명 신호를 보냈을 겁니다.

응급실 칸막이 침대에 누워 새하얀 천장을 바라보며 생각합니다.

'내가 쓰러지다니…… 아직 젊은데, 왜? 혹시 심각한 병이라도 걸린
건가? 내 몸에 종양이라도 자라고 있었던 건 아닐까?'

그제야 몸의 아우성에 귀를 기울입니다. 그리고는 조급해지기 시작
합니다. 검사 결과가 나오지도 않았는데, 세상이 끝난 것처럼 비탄에
빠져 중병 환자의 몰골을 하고 있습니다. 몸에 좋다는 건 닥치는 대로
먹어치우고, 권위 있는 의사라면 무조건 예약부터 합니다. 몸이 신호
를 보낼 때는 들은 척도 안 하더니만, 경고음이 세차게 울부짖고 나니
그제야 덜컥, 겁이 난 것입니다.

아침이면 식탁 한쪽에 늘어선 각종 비타민과 영양제 병들이 다투어
순서를 기다리고, 냉장고 서랍 속에는 홍삼즙, 양파즙, 복분자즙……
온갖 건강식품들이 가득 자리를 차지하고 있습니다. 집 안 가득 들여
놓은 각종 운동기구들. 얼마 지나지 않아 러닝머신 위로 빨래가 널리

고, 요가 매트는 주방 발판으로 역할이 바뀝니다. 이게 바로 오늘을 살아가는 우리들의 자화상입니다.

건강적인 측면에서 볼 때, 사람의 일생에는 네 번의 고비가 있습니다. 영유아기의 발달이상과 청소년기의 사고, 그리고 중년기의 3C(Cancer: 암, Cardio: 심장, Carbohydrate: 당뇨)와 노년기의 노환 등이 그 고비입니다. 그 중에서 특히 중년기의 3C 고비를 무사히 잘 넘기면 큰 위험 없이 50대 이후의 노년기를 지낼 수 있습니다.

중년의 건강이 치명적 위험을 안고 있는 데는 그럴 만한 이유가 있습니다. 이들은 나라의 허리요, 가정의 기둥입니다. 당연히 막중한 책임감과 그에 따른 스트레스가 어마어마하게 클 수밖에 없지요. 경쟁구조 속에서 위아래로 가해지는 압박을 견뎌야 하고, 자녀의 미래를 위해 '투잡'도 마다하지 않아야 하며, 노부모의 남아 있는 긴 시간도 결코 모른 척할 수 없습니다. 자신의 노후를 걱정할 여유가 이들에게 사치일 뿐입니다. 그리고 그 나이 때에는 원래 타고난 방어체력이 약해지기 시작합니다. 스트레스, 질병으로부터 자신을 방어해줄 체력이 약해지는데, 설상가상으로 생활습관도 엉망입니다. 병이 안 날 수가 없지요.

퇴직이나 은퇴라는 단어만 들어도 가슴이 철렁합니다. 그러니 쉬지 않고 열심히, 최선을 다해 일하는 모습을 보여야 합니다. 늘어나는 건 술과 담배와 스트레스뿐입니다. 소화가 될 리도 없고 숙면을 취하기도 힘듭니다. 뇌압, 혈압 어느 것 하나 정상일 리 없습니다. 몸이 신호를 보내는 것입니다.

치명적인 위험 신호가 울리고서야 허겁지겁 사후약방문을 하지 않으려면 방법은 하나뿐입니다. 내면의 소리에 귀 기울이듯 내 몸이 보내는 신호를 예민하게 감지하는 것입니다. 우는 애도 다 이유가 있어 울듯이 미세한 신호라도 이유가 있는 법입니다.

한 주를 힘들게 버텨온 금요일입니다. 온몸이 찌뿌드드하고 뒷목이 당깁니다. 가슴도 답답하고 목도 칼칼합니다. 나의 몸이 뭔가 신호를 보내는 모양입니다.

"스트레스로 머리가 터질 것만 같아요. 몸도 무겁고, 제발 좀 쉬고 싶어요."

이제 그 신호에 어떻게 반응하실 건가요? 친구들을 불러 모아 담배 연기 자욱한 지하 술집을 시작으로 1차, 2차, 3차까지 내달리다 덜컥, 엔진이 꺼져버리는 경험을 하실 건가요? 아니면 신선한 음식을 먹으며 가족들과 눈도 맞추고, 아이들 손잡고 공원이나 산책로도 걸어보는 휴식의 시간을 보내시겠습니까?

선택은 당신의 몫입니다.

삶과 죽음을 이해하고 싶다, 우연히 유명인의 유언장을 읽었다,
갑자기 지인이 돌아가셨다는 소식을 들었다.

귀천

천상병

나 하늘로 돌아가리라.
새벽빛 와 닿으면 스러지는
이슬 더불어 손에 손을 잡고,

나 하늘로 돌아가리라.
노을빛 함께 단둘이서
기슭에서 놀다가 구름 손짓하면은,

나 하늘로 돌아가리라.
아름다운 이 세상 소풍 끝내는 날,
가서, 아름다웠더라고 말하리라……

천상병(1930 - 1993) | '문단의 마지막 순수시인'으로 불리며 가난과 주벽 등 많은 일화를 남겼다. 우
주의 근원, 죽음과 피안, 비통한 현실 등에 관한 시를 많이 썼다.

당신의 그날에도 꽃비가 내리겠지요?

얼마 전까지만 해도 안부를 나눴던 지인이 돌아가셨다는 소식을 듣고 속수무책으로 무너집니다. 죽음 또한 생의 일부라고, 기꺼이 받아들여야 한다고 말하면서도 죽음을 지켜본다는 건 견디기 힘든 고통입니다. 살아온 날이 길어 죽음의 문턱에 가까워졌다고 생각하는 사람들에게 친구나 동반자의 죽음은 더더욱 괴로운 일입니다.

그런데 강아지를 키워본 사람들은 죽음에 대해 좀더 열린 마음을 갖고 있는 것 같습니다. 애지중지 키운 한 생명의 탄생과 죽음의 과정을 지켜보면서 보다 담대하게 '죽음'을 받아들일 수 있게 되기 때문이겠지요.

오랜 동안 강아지와 함께 살아온 노부인을 알고 있습니다. 태어나자마자 데려와 키우기 시작한 강아지 나이가 어느덧 열여섯이 되었다고 합니다. 사람으로 치면 90이 다 된 나이라는군요. 온갖 재롱을 부리며 주인에게 즐거움을 주었던 강아지가 이제는 주인의 보살핌을 받고 있습니다. 주인보다 더 늙어버려 죽음 앞에 훌쩍 다가선 노견이 되어서 말입니다. 다리는 절룩거리고 청력도 떨어지고, 시력도 얼마 남아 있지 않습니다. 몇 분씩 한 자리에 멍 하니 서 있기도 하고, 좁고 구석진 자리에라도 들어서면 돌아 나오질 못해 주인이 꺼내줄 때까지 마냥 서 있곤 합니다. 인간의 삶과 크게 다를 게 없습니다.

노부인은 하루하루가 다르게 사위어가는 그 생명의 빛을 지켜보며 자신에게도 머지않아 찾아올 죽음에 대해 참 많은 생각을 한다고 합니다. 외출했다 돌아오는 주인을 반기겠다고 부실한 몸으로 쫓아 나와 여전히 발도 핥아주고 꼬리도 흔들어대는 늙은 개. 죽음을 앞두고도 어떻게 저렇게 한결같은 모습으로 제 역할에 최선을 다할 수 있을까 싶어 대견하고, 또 그럴 때마다 늙은 내가 뭘 할 수 있겠어 하던 자신의 비관적인 마음을 다잡곤 한다는 것입니다.

태어나 나이를 먹고 늙어가는 게 자연스런 과정이듯 죽음 또한 누구도 피할 수 없는 삶의 일부입니다. 동물이나 사람이나 다르지 않지요. 다만 동물은 인간에게 포획되거나 잡혀 먹히지 않으면 대체로 평균수명을 유지합니다. 그런데 반해 인간은 개개인에 따라 수명이 천차만별입니다. 인간에겐 동물과 달리 '생각하는' 능력이 있기 때문입니다. 그 위대한 능력이 병도 만들고 약도 만드는 것이지요. 늙었다고, 죽을 날이 멀지 않았다고 생각하면 실제로 그 생각에 따라 몸이 반응합니다.

원초적 감정이나 생명 기능은 시상하부의 자율신경 사령부가 관장하고 있습니다. 문제는 이게 우리 의지대로 조절되지 않고, 스스로의 리듬에 의해 작동된다는 사실입니다. 여기에 영향을 줄 수 있는 것은 상상력을 근간으로 하는 우리의 '마음'입니다. 마음을 어떻게 먹느냐에 따라 자율신경이 조절된다는 뜻입니다.

그러니 누구에게나 반드시 찾아오는 죽음 앞에 우리가 할 수 있는 일은 오늘이 생의 마지막인 것처럼 온몸을 불태워 살아가는 일뿐입니다. 그리고 꿈을 버리지 않는 것입니다. 나의 꿈은 백 살을 맞아 코엑스에서 건강을 주제로 강연을 하는 것입니다. 그 꿈을 이루기 위해 꾸준히 건강도 관리하고, 공부도 게을리 하지 않습니다. 그 생각만 하면 가슴이 벅차고, 엄청난 에너지가 몸속에서 꿈틀거려 기분까지 좋아집니다.

그래도 죽음이 두렵게만 느껴져서 삶이 우울하다면 유언장을 한번 써보십시오. 두려움을 떨쳐버릴 수 있는 참 좋은 방법입니다. 형식 따윈 중요치 않습니다. 가족들에게 편지를 쓰듯 해도 좋고, 일기를 쓰듯 해도 상관없습니다. 그 과정을 통해서 삶과 죽음이 별개가 아닌 바로 한 몸임을 받아들이면서 정말로 담대해질 수 있습니다.

나의 유언은 간단합니다.

"죽음의 그림자가 찾아오거든 기꺼이 받아들여라. 산소마스크는 절대 씌우지 마라. 자연의 섭리를 따라라. 그리고 아직 쓸 만한 장기가 있다면 모든 것을 기증하라."

가족들이 좀 서운해 할까요? 아닐 겁니다. 나의 죽음을 겪으면서 그들도 스스로의 죽음을 생각하고 준비하고 받아들이겠지요.

최선을 다해 잘 살아냈다면 결코 죽음은 두려운 존재가 아닙니다. 이승에서의 소풍을 마무리하고, 또 다른 곳으로의 소풍을 떠나는 일입니다. 이곳에서 아름다웠던 삶만큼이나 저곳에서의 삶 또한 아름다우리라 기대하면서 말입니다.

누구에게나 반드시 찾아오는
죽음 앞에 우리가 할 수 있는 일은
오늘이 생의 마지막인 것처럼
온몸을 불태워 살아가는 일뿐입니다.

우연히 첫사랑을 만났을 때
짝사랑에서 벗어나지 못할 때
사랑이 두려워서 마음을 열지 못할 때
모든 것을 던져야 사랑이라고 생각할 때
이루어지기 힘든 사랑에 빠졌을 때
애인의 말수가 급격히 줄었다고 느낄 때
애인이 결별을 통보해올 때
친구들이 모두 결혼하고 나 혼자 남았을 때
친구의 결혼생활이 궁상스럽게 보일 때

연애와 결혼

추억 속의 사진첩을 보는 것 같다. 모든 것이 서툴렀던 것 같다.
순수했던 지난날의 내 모습이 그립다.

다시 첫사랑의 시절로 돌아갈 수 있다면

장석주

어떤 일이 있어도 첫사랑을 잃지 않으리라

지금보다 더 많은 별자리의 이름을 외우리라

성경책을 끝까지 읽어보리라

가보지 않은 길을 골라 그 길의 끝까지 가보리라

시골의 작은 성당으로 이어지는 길과

폐가와 잡초가 한데 엉겨 있는 아무도 가지 않은 길로 걸어가리라

깨끗한 여름 아침 햇빛 속에 벌거벗고 서 있어 보리라.

지금보다 더 자주 미소 짓고

사랑하는 이에겐 더 자주 〈정말 행복해〉라고 말하리라

사랑하는 이의 머리를 감겨주고

두 팔을 벌려 그녀를 더 자주 안으리라

사랑하는 이를 위해 더 자주 부엌에서 음식을 만들어보리라

다시 첫사랑의 시절로 돌아갈 수 있다면

상처받는 일과 나쁜 소문,

꿈이 깨어지는 것 따위는 두려워하지 않으리라

다시 첫사랑의 시절로 돌아갈 수 있다면

벼랑 끝에 서서 파도가 가장 높이 솟아오를 때

바다에 온몸을 던지리라

장석주 | 시인, 소설가, 문학비평가 등 다양한 영역에서 활동하고 있다. 안성 금광호수 끝자락에 '수졸재'라는 집을 두고 서울의 작업실을 오가며 글을 쓰고 있다. 시집으로 《몽해항로》《절벽》《햇빛사냥》 등이 있다.

부족해서 더 아름다웠지요

아주 오래전, 〈심동〉이라는 영화를 본 적이 있습니다. 오래전에 본 영화라 전체 줄거리는 가물가물합니다. 그럼에도 딱 한 부분 선명하게 기억나는 장면이 있습니다.

남자 주인공이 세월이 지나 다시 만난 첫사랑에게 봉투 하나를 건넵니다. 여자는 비행기에 오르고 의자에 앉아 봉투를 열어봅니다. 봉투 안에는 수십 장의 사진이 들어 있습니다. 그리고 그 수십 장의 사진은 모두 같은 배경을 담고 있습니다. "네가 그리울 때마다 옥상에 올라가 하늘을 바라보며 찍은 사진"이라는 글귀도 보입니다. 더러는 구름이 흘러가고, 더러는 뿌옇게 흐리기도 하고, 또 더러는 맑고 푸른 사진 속 하늘에는 남자의 그리움과 기다림과 안타까움이 함께 담겨 있습니다. 비행기는 이륙하고 오랜 시간이 흘러서야 첫사랑의 마음을 알아차린 여자는 쏟아지는 눈물을 주체하지 못합니다. 그렇게 두 사람의 운명은 다시 엇갈리고 맙니다.

첫사랑이란 그런 건가봅니다. 듣기만 해도 가슴이 뭉클하고 먹먹하고 애틋해지는 말. 한때 모든 이의 마음밭을 촉촉하게 적시던 사랑의 첫 느낌. 대체 첫사랑이 무엇이기에 세상의 모든 시인들은 그 사랑을 노래하는 걸까요? 영화감독도 소설가도 화가도 왜 그토록 첫사랑의 시절을 열망하며 그 설렘을 꿈꾸는 걸까요? 심지어 시가 뭔지도 모르는 무딘 감성의 소유자라도 '첫사랑'이라는 단어 앞에서는 이내 나긋나긋해져 그 시절을 그리워하곤 합니다.

첫사랑은 어느 날 갑자기 돌풍처럼 쳐들어와 마음을 송두리째 흔들어놓고, 금세 자취를 감춰버리는 야속한 태풍과도 같습니다. 태풍이 지나간 자리, 폐허로 남은 그 마음에는 한동안 아무것도 들여놓을 수 없습니다. 이 격정, 이 격랑은 평생 첫사랑을 떨쳐버리지 못하는 첫 번째 이유이기도 합니다.

그 감정은 상대의 미묘한 움직임 하나에도 터져버릴 것처럼 충만해 있습니다. 함께 공놀이를 하던 운동장에서도, 여럿이 어울려 밤을 줍던 마을 뒷동산에서도, 무릎을 나란히 하고 집으로 돌아오던 버스 안에서도, 길가 모퉁이를 돌다가 우연히 부딪친 동네 골목길에서도, 어깨를 스치던 학교 도서관의 비좁은 서가에서도 감정은 주체할 수 없이 요동치고, 눈은 오직 한 사람만을 쫓아갑니다. 서로의 옷깃이 스치며 만들어내는 작은 소리에도 온 신경이 반응하고, 석양빛에 발갛게 물들어가는 옆얼굴이라도 훔쳐보노라면, 가슴에도 활활 노을이 불타오릅니다.

　첫사랑을 더욱 안타깝게 만드는 두 번째 이유는 세상의 모든 첫사랑은 미완으로 끝난다는 것입니다. 만일 그 사랑이 어떤 식으로든 결실을 맺는다면, 그때도 여전히 그립고 안타까운 사랑으로 남아 있을까요? 이루지 못한 사랑은 세월이 흐를수록 각색되고 포장되어 더더욱 아름다운 기억으로 가슴속에 자리합니다. 전문용어로는 이를 '회상 과대착각'이라고 합니다. 거짓기억증후군이라고도 하지요. 아름답게 꾸미는 일을 반복하다보면, 그게 마치 사실인 양 기억 속에 각인되는 심리 현상입니다. 누구나 첫사랑은 아름답게 간직하고 싶어합니다. 삶에서 첫사랑의 기억이 없다면, 자신의 하루하루가 가슴 한구석이 뻥 뚫린 것처럼 허전한 일이기 때문입니다.

　그리고 첫사랑에 열병을 앓던 그 시절, 모든 것에서 서툴었지만 누구보다 뜨거웠던 그 시절의 나에게로 돌아가고픈 마음이 우리가 첫사랑을 그리워하는 또 하나의 이유입니다. 우연히 첫사랑의 지친 얼굴과 마주친 날, 그날 이후로 잠들지 못하는 밤들이 오래오래 지속됩니다. 그 사람만큼이나 혹은 그보다 더 지쳐 있는 지금 나의 발걸음이 새삼 부끄러워집니다. 무엇이든 할 수 있을 것만 같았던 그 시절, 매 순간이 삶의 전부인 것만 같았던 그 시절이 몸서리치게 그리워집니다. '다시 한 번 그 시절로 돌아갈 수만 있다면 더 치열하게 더 적극적으로 살아보리라'는 기대를 품고 우리는 또 새로운 날들을 살아갑니다. 어쩌면 우리가 그토록 그리워하는 것은 첫사랑이 아니라, 그때의 내가 품었던 열정적인 삶의 자세인지도 모릅니다.

　첫사랑은 생각할수록 애틋하고 아릿한 아픔으로 다가옵니다. 하지만 미완으로 끝난 첫사랑의 아픔이 있기에, 오늘의 내가 얼마나 소중하고 행복한지를 다시금 깨닫게 됩니다.

첫사랑의 열병을 앓던 그 시절,

모든 것에서 서툴렀지만

누구보다 뜨거웠던

그 시절의 내가 그립습니다.

나 그렇게 당신을 사랑합니다

한용운

사랑하는 사람 앞에서는
사랑한다는 말을 안 합니다.
아니하는 것이 아니라
못하는 것이 사랑의 진실입니다.

잊어버려야 하겠다는 말은
잊을 수 없다는 말입니다.
정말 잊고 싶을 때는 말이 없습니다.

헤어질 때 돌아보지 않는 것은
너무 헤어지기 싫기 때문입니다.
그것은 헤어지는 것이 아니라
같이 있다는 말입니다.

사랑하는 사람 앞에서 웃는 것은
그만큼 행복하다는 말입니다.

떠날 때 울면 잊지 못하는 증거요
뛰다가 가로등에 기대어 울면
오로지 당신만을 사랑한다는 증거입니다.

잠시라도 같이 있음을 기뻐하고
애처롭기까지만 한 사랑을 할 수 있음에 감사하고
주기만 하는 사랑이라 지치지 말고
더 많이 줄 수 없음을 아파하고

남과 함께 즐거워한다고 질투하지 않고
그의 기쁨이라 여겨 함께 기뻐할 줄 알고
깨끗한 사랑으로 오래 기억할 수 있는
나 당신을 그렇게 사랑합니다.

짝사랑도 위안이 됩니다

상처받을 걸 알면서도 번번이 짝사랑에 빠지는 사람들이 있습니다. 살면서 벙어리 냉가슴 앓듯 혼자만의 사랑에 빠져 밤잠을 설쳐본 사람이 어디 한둘이겠습니까. 그런데 유독 짝사랑의 열병에 쉽게 전염되는 사람들이 있습니다.

그들은 학교에서건 직장에서건 자신이 속한 모든 모임과 장소에서 한 명을 선택해 짝사랑의 대상으로 삼습니다. 그리고 온 신경을 상대에게 집중시킵니다. 상대의 무의미한 행동 하나하나에도 제 나름의 의미를 부여합니다. 그 의미에 따라 마음밭에는 꽃이 피기도 하고, 찬서리가 내리기도 합니다. 설령 그 의미가 진실이 아니더라도 크게 신경 쓰지 않습니다. 어차피 혼자만의 감정이니까요.

이렇듯 그들의 짝사랑은 맹목적인 경우가 많습니다. 상대와 관계를 맺기보다는 상대를 통해서 자신 안에 있는 그 무엇과 관계를 맺는 것에 가깝지요. 어쩌면 짝사랑은 지나친 자기애에서 비롯되는 것인지도 모릅니다. 그러기에 짝사랑은 아주 좋은 조건을 갖추었지요.

이런 혼자만의 일방적인 사랑이 성공하는 경우는 흔치 않습니다. 혼자만의 들끓는 감정으로 끙끙거리다 끝나는 경우가 다반사지요. 그렇지 않으면 어디 그게 짝사랑이겠습니까. 물론 상대도 나와 같은 감정이기를 바라는 마음이 없는 것은 아닙니다. 나보다 그가 먼저 내게 손을 내밀어주기를 은근히 기대하면서 말입니다.

그러나 쉽게 짝사랑에 빠지는 사람일수록 그 사랑이 이루어지고 나면 쉽게 시들해지고 마는 습성이 있습니다. 관계가 맺어지는 순간, 자신이 만들어놓은 환상이 부서져버리고 말기 때문입니다. 간혹 짝사랑으로 시작하긴 했어도 우여곡절 끝에 결실을 맺는 경우도 있습니다. 그런 사람들을 두고 주위에서는 '인간 승리'라고까지 칭송합니다.

짝사랑은 감기와도 같아서 면역력이 약한 사람일수록 바이러스에 쉽게 노출됩니다. 일단 바이러스에 감염되면 가벼운 초기 증상이 나타납니다. 으슬으슬 오한이 들면서 열도 나고, 머리도 지끈거리고 콧물, 기침, 가래에 목은 물도 삼킬 수 없을 만큼 부어오릅니다. 이겨보고자 약이라도 먹을라치면 비몽사몽 정신까지 몽롱해지고 맙니다.

며칠 동안 그러저러한 증상들을 거치고 나면, 언제 그랬냐는 듯 감기는 홀연히 자취를 감춰버립니다. 그렇게 한 일주일 앓고 나면 몸은 날아갈 듯 가벼워지고, 기분도 상쾌해져서 몸과 마음이 한결 성숙해진 느낌마저 듭니다.

　그렇기 때문에 쉽게 짝사랑에 빠지는 이 감정을 못난 성격 탓으로까지 돌릴 필요는 없습니다. 그건 그것대로 소중히 간직해야 할 사랑의 감정이며, 아름다운 추억이지요. 다만 문제는 짝사랑이 가벼운 감기로 끝나지 않고, 폐렴이나 그 이상의 심각한 병으로 진행된다는 데 있습니다. 이쯤 되면 가족이나 친구들로부터 걱정의 말이 들려옵니다. 짝사랑이라는 환상특급열차의 마약 같은 매력에 빠져버려 도무지 내릴 생각을 하지 못하는 것이지요.

　그렇기 때문에 짝사랑의 감정에 맹목적으로 끌려 다니지 않도록 스스로를 추스를 필요가 있습니다. 거기에는 '환상'이라는 더없이 매력적인 무기가 들어 있습니다. 그것은 장미처럼 강력하고 유혹적이기까지 합니다. 향기에 취해 모든 장미는 가시를 품고 있다는 사실을 잊기도 합니다.

　가시의 위력은 생각보다 치명적입니다. 짝사랑으로 인해 오히려 삶이 고통스럽게 느껴진다면, 이제 환상특급열차에서 내려야 할 때입니다. 자신이 품은 환상의 가시가 나의 심장을 찌를 수도 있으니까요.

　이런 위험에도 불구하고 짝사랑의 상처는 그대로 값진 것입니다. 삶이 단조롭거나 팍팍하다고 느껴질 때마다 한 번씩 꺼내 되새기다보면 자신도 모르게 웃음이 나오고, 그때의 애절함에 가슴이 콩닥거리기도 합니다. 삶에 위안이 되는 것이지요.

　온 우주를 준대도 바꾸지 않을 사랑, 혼자 끙끙거리며 밤을 새워야 했던 아픈 시간들이었지만, 이런 고민의 날들이 있었기에 우린 사랑

의 소중함을 체험할 수 있습니다. 이런 체험들이 쌓여 지금의 내 삶을
풍요롭게 해주는 것입니다.

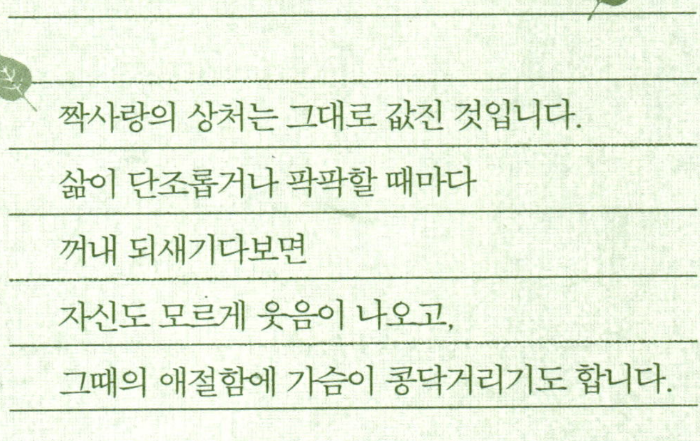

상처가 두려워서 마음을 열지 못할 때

그대 앞에 봄이 있다

김종해

우리 살아가는 일 속에
파도치는 날 바람 부는 날이
어디 한두 번이랴.
그런 날은 조용히 닻을 내리고
오늘 일을 잠시라도
낮은 곳에 묻어 두어야 한다.
우리 사랑하는 일 또한 그 같아서
파도치는 날 바람 부는 날은
높은 파도를 타지 않고
낮게 낮게 밀물져야 한다.

사랑하는 이여
상처받지 않은 사랑이 어디 있으랴.
추운 겨울 다 지내고
꽃 필 차례가 바로 그대 앞에 있다.

김종해 | 현대문학상, 한국문학작가상, 한국시협상 등을 수상했고, 대한민국 문화훈장을 받았다. 현재 문학세계사 대표, 계간 시전문지 〈시인세계〉 발행인으로 활동하고 있다.

새로운 과거에도 꽃은 핍니다

"다시 또 누군가를 만나서 사랑을 하게 될 수 있을까. 그럴 수는 없을 것 같아. 도무지 알 수 없는 한 가지, 사람을 사랑한다는 그것, 참 쓸 쓸한 일일 것 같아."

살면서 한 번쯤은 흥얼거려봤을 법한 노래입니다. 평생 떨쳐버릴 수 없는 화두이며, 동시에 그 정의를 내릴 수 없는 사랑. 그 사랑은 악 마와 천사의 두 얼굴처럼 우리를 더없이 충만하게도, 더없이 쓸쓸하 게도 합니다.

평생을 살아가면서 우리는 몇몇의 사람을 만나고, 몇몇의 사랑을 합니다. 그건 결국 몇몇의 이별과 몇몇의 실연과 몇몇의 상처를 경험 했다는 뜻이기도 합니다. 노랫말처럼 "사랑이 끝나고 난 뒤에는 이 세 상도 끝나고, 날 위해 빛나던 모든 것도 그 빛을 잃어버리"고 만 것처 럼 느껴지는 사랑과 실연과 그로 인해 생겨나는 상처들.

다시는 사랑에 마음 빼앗겨 상처받는 일 따위 만들지 않겠노라고 굳은 다짐도 해봅니다. 그러나 눈을 감는 순간까지 우리는 누군가를 만나고, 사랑하는 일을 멈출 수가 없습니다. 그것은 모진 추위를 견뎌야만 꽃도 피고 열매도 영그는 자연의 이치와 같기 때문입니다. 사랑의 상처가 큰 사람일수록 사랑에 대한 욕구는 더욱 클 수밖에 없습니다. 위로받고 싶고, 보상받고 싶은 마음 때문입니다.

그러나 그런 욕구가 강한 사람일수록 막상 사랑이 찾아오면 불에 데인듯 놀라 도망치기 일쑤입니다. 도저히 떨쳐버리지 못할 만큼 과거의 사랑이 안겨준 상처로 인해 새로운 사랑이 찾아와도 불신으로 가득차서 마음의 문을 열지 못하는 것입니다. 사랑에 대한 두려움, 의심, 회의…… 온통 이런 부정적인 생각에 사로잡혀 두껍고 높고 견고한 방어막을 세워놓습니다. 그리고 옴짝달싹 못하도록 자신을 그 안에 가두어버리고 맙니다. 스스로의 운명을 어둠 속으로 밀어 넣으며, 이렇게 말합니다.

"두 번 다시 사랑 따윈 하지 않아!"

누구에게라도 털어놓으면 그 아픔이 한결 덜어질 것도 같습니다만, 후회와 죄책감에 그저 상처를 끌어안고 꽁꽁 숨겨둔 채 살아갑니다. 제때 아물지 못한 상처는 더욱 깊어지고, 당연히 고통도 커져만 갑니다. 그 고통을 감당하지 못하는 순간, 모진 결심으로 생을 끝내는 사람들도 있습니다.

인생 최고의 선물은 사랑이라고 하지요. 생의 축복과도 같은 사랑을 외면한다는 건 마땅히 누려야 할 행복을 스스로 저버리는 일입니다. 있었던 일을 없었던 일로 만들 수는 없습니다. 그렇다고 무조건 잊겠다고 해서 쉽사리 잊을 수 있는 것도 아니지요. 이미 엎질러진 물이고, 떨어진 꽃잎입니다. 부는 바람에 떨어진 꽃잎을 다시 주워 가지 끝에 붙여놓을 수는 없는 일이니까요.

사랑으로 생긴 상처는 사랑으로 치유해야 합니다. 돌이킬 수 없는 과거, 지나간 상처 따위 붙들고 끙끙거리느라 에너지와 시간을 소모하는 건 낭비에 불과합니다. 그럴 여력이 남아 있다면 이제부터라도 새로운 과거를 만들 일입니다. 새로운 그릇에 더 맑고 깨끗하고 시원한 물을 담을 일입니다. 이미 진 꽃은 그대로 바람결에 흘려보내고, 남아 있는 꽃잎과 아직 피지 않은 꽃봉오리들의 만개(滿開)를 바라볼 일입니다. 제 몸에서 떨어져나가는 나뭇잎을 지켜보면서도 의연한 나무처럼 말입니다.

새로운 만남과 새로운 사랑이 가져다주는 봄볕 같은 찬란함, 그 환희가 상처 위로 켜켜이 쌓여 '새로운 과거'를 만들어냅니다. 그러면 그때 상처 위로 봄의 새순과도 같은 새살이 돋아나겠지요. 상처로 얼룩진 과거는 아득히 먼 시간의 퇴적물처럼 우리의 새로운 과거를 지탱해주는 자양분이 되어줄 것입니다.

이제 "추운 겨울 다 지내고" 바로 당신이 "꽃 필 차례"입니다.

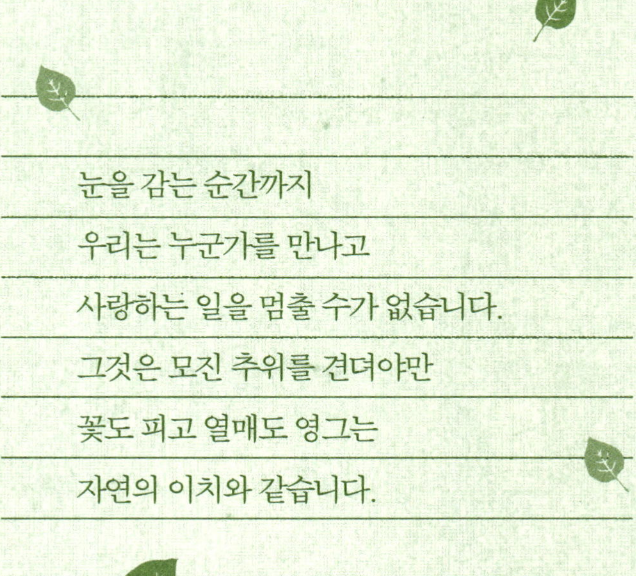

눈을 감는 순간까지

우리는 누군가를 만나고

사랑하는 일을 멈출 수가 없습니다.

그것은 모진 추위를 견뎌야만

꽃도 피고 열매도 영그는

자연의 이치와 같습니다.

모든 것을 던져야만 사랑이라고 생각할 때

가끔은 상대에게 묘한 거리감을 느낀다. 사랑하는 사이에는 비밀이 없어야 한다. 주말은 꼭 연인과 함께 지내야 한다.

함께 있되 거리를 두라

칼릴 지브란

함께 있되 거리를 두라
그래서 하늘 바람이 너희 사이에서 춤추게 하라.

서로 사랑하라.
그러나 사랑으로 구속하지는 말라.
그보다 너희 영혼과 영혼의 두 언덕 사이에
출렁이는 바다를 놓아두라.

서로의 잔을 채워 주되 한쪽의 잔만을 마시지 말라.
서로의 빵을 주되 한쪽의 빵만을 먹지 말라.

함께 노래하고 춤추며 즐거워하되
서로는 혼자 있게 하라.
마치 현악기의 줄들이 하나의 음악을 울릴지라도
줄은 서로 혼자이듯이.

서로 가슴을 주라.
그러나 서로의 가슴속에 묶어 두지는 말라.
오직 큰 생명의 손길만이 너희의 가슴을 간직할 수 있다.

함께 서 있으라.
그러나 너무 가까이 서 있지는 말라.
사원의 기둥들도 서로 떨어져 있고
참나무와 삼나무는 서로의 그늘 속에선 자랄 수 없다.

칼릴 지브란(1883 ~ 1931) | 철학자, 화가, 소설가, 시인으로 유럽과 미국에서 활동한 레바논의 대표
작가. 영어 산문시집《예언자》, 아랍어로 쓴 소설《부러진 날개》등의 작품으로 유명하다.

'사이'에서 사랑이 커갑니다

"고독이 무섭거든 결혼하지 마라."

안톤 체호프가 남긴 연애와 결혼에 정곡을 찌르는 한 마디입니다. 연예를 하거나 결혼을 하면 더 이상 외롭지도 고독하지도 않을 거라는 환상에 일침을 가하는 말이기도 합니다. 상대가 있음으로 해서 오히려 생겨날 수밖에 없는 외로움과 고독감. 이 외로움과 고독감을 인정하고 받아들이지 못하는 데서 오해와 불신과 애증이 빚어집니다.

"눈에서 멀어지면 마음마저 멀어진다"고 철석같이 믿으며, 잠시 동안의 헤어짐조차도 두려워하는 커플들이 있습니다. 나약함을 감추려는 변명일 뿐이지요. 눈에서 멀어져도 마음의 끈이 튼튼하다면 두려울 일이 뭐 있겠습니까. 서로를 믿지 못하는 불안한 마음이 사랑을 차갑게 얼려버리는 것이지요.

다정함도 병일 때가 있듯이, 때로는 지나친 관심이 화를 부르기도 합니다. 모든 것을 공유해야만 사랑이라고 믿는 사람들이 그렇습니다. 서로의 비밀번호를 캐내어 휴대전화기나 이메일을 확인하고, 심지어 지갑까지 들쑤셔대는 사람들. 그들에게 존중받아야 할 사생활이란 존재하지 않나봅니다.

또 잠시라도 떨어져 있으면 당장 죽기라도 할 것처럼 힘들어하는 사람들도 있습니다. 어제도 만나고 오늘도 만나고 주말에도 만나고, 쇼핑도 함께, 운동도 함께, 공부도 함께하며 매사 "우리 함께 해요!"를 외치는 사람들. 몸이 함께하면 영혼도 함께일 거라고 생각합니다.

그런데 그들이 정말 활화산처럼 타오르는 열정적인 사랑을 하는 것처럼 보이십니까? 혹시 잉꼬부부나 닭살커플이라는 말에 함정이 숨어 있다는 생각은 안 드시나요? 사랑보다는 잠시라도 혼자 있으면 견딜 수 없고, 상대에 대해 낱낱이 알지 못하면 이내 불안해지는 무서운 집착은 아닐까요?

연인이든 부부든 가까운 관계일수록 그만큼의 거리가 필요합니다. 여기서 거리란 각자의 독립적인 시간과 공간을 확보하는 것으로 이해해도 좋습니다. 인간은 누구나 시간적으로, 또 물리적으로 서로에게서 자유로울 수 있어야 합니다. 서로에게 그늘만 드리우는 관계는 서로를 망치는 길이라고 해도 과언이 아닙니다. 적당한 거리를 두면서 그 사이로 빛도 쬐고, 비도 맞고 바람도 느껴야 서로의 성장이 멈추지 않겠지요. 각자의 공간과 시간을 만들고 이를 서로 인정해줄 때, 비로소 사랑이 커갑니다.

　"우리는 하나야"라고 말하며 항상 일체이기를 강요하는 사람들. 하지만 사랑한다고 반드시 한 몸이 되어야 하는 것은 아닙니다. 그럴 수도 없는 일이지요. 무모한 욕심입니다. 각자의 마음과 몸이 만나 무조건 하나가 되어야 한다는 것은 오히려 부자연스러운 일인지도 모릅니다. 서로의 몸과 마음을 인정하고 존중하는 데서 사랑은 시작되기 때문입니다.

　사랑이 뜨겁게 느껴지는 것은 함께 격정의 시간을 보낸 뒤 혼자만의 시간, 혼자만의 공간에 놓일 때입니다. 사랑은 그리움 속에 익어가고, 그 절절한 그리움은 헤어진 후에야 비로소 아련하게 밀려옵니다. 둘의 시간을 기억하고, 이내 그리워하고 다시 만날 기쁨에 설레는 그 과정을 거치면서 비로소 사랑의 감정이 뜨겁게 무르익는 것이지요. 그래서 이 혼자만의 시간을 사랑의 결정기라 부르기도 합니다.

　인간은(人間)은 문자 그대로 사이〔間〕의 동물입니다. 사람과 사람 사이, 그 적당한 간격에 서로를 성장시키는 힘이 들어 있습니다. 그 힘은 오래오래 사랑이 퇴색하지 않도록 지켜주는 비결이기도 합니다.

사랑이 뜨겁게 느껴지는 것은

함께 격정의 시간을 보낸 뒤

혼자만의 시간, 혼자만의 공간에

놓일 때입니다.

사랑은 그렇게 그리움 속에 익어갑니다.

이루어지기 힘든 사랑에 빠졌을 때

이렇게 될 줄을 알면서도

조병화

이렇게 될 줄을 알면서도

당신이 무작정 좋았습니다

서러운 까닭이 아니올시다

외로운 까닭이 아니올시다

사나운 거리에서 모조리 부스러진

나의 작은 감정들이

소중한 당신 가슴에 안겨들은 것입니다

밤이 있어야 했습니다
밤은 약한 사람들의 최대의 행복
제한된 행복을 위하여 밤을 기다려야 했습니다

눈치를 보면서
눈치를 보면서 걸어야 하는 거리
연애도 없이 비극만 깔린 이 아스팔트

어느 이파리 아스라진 가로수에 기대어
별들 아래
당신의 검은 머리카락이 있어야 했습니다

나보다 앞선 벗들이
인생은 걷잡을 수 없이 허무한 것이라고
말을 두고 돌아들 갔습니다

벗들의 말을 믿지 않기 위하여
나는 온 생명을 바치고 노력을 했습니다

인생이 걷잡을 수 없이 허무하다 하더라도
나는 당신을 믿고
당신과 같이 나를 믿어야 했습니다

살아 있는 것이 하나의 최후와 같이
당신의 소중한 가슴에 안겨야 했습니다

이렇게 될 줄을 알면서도
이렇게 될 줄을 알면서도

조병화(1921 ~ 2003) | 고독과 낭만을 수려한 시어로 노래하여 큰 공감을 받아왔다. 세계시인대회장,
한국문인협회 이사장 등을 지냈다. 시집으로《밤의 이야기》《어머니》등이 있다.

'적당히'도 사랑일까요?

오래전 파리 공항 커피숍에서 있었던 일입니다. 한 건장한 청년이 환한 얼굴로 여인이 탄 휠체어를 밀고 들어왔습니다. 둘은 누가 봐도 깊이 사랑하는 사이 같아 보였습니다. 청년이 커피를 사 들고 돌아오자 여인이 청년의 머리를 쓰다듬어 주었습니다. 다정한 모습이 무척 아름답고 내심 부럽기도 해서 부부냐고 물어보았습니다. 그들은 아니라고 고개를 저으며 서로의 손을 꼭 잡았습니다. 연인이라는 뜻이었지요.

두 사람은 이웃에서 함께 자랐다고 했습니다. 그러다 대학시절 여인이 교통사고로 하반신이 마비되는 끔찍한 사고를 당하고 말았습니다. 그 이후 10년 동안 두 사람은 함께 지내왔다고 했습니다. 찬찬히 지난날을 이야기하는 둘의 모습은 더없이 아름다워 보였습니다.

간혹 책에서 사랑의 정의를 읽을 때마다 '과연 내가 누군가를 진실로 사랑할 자격이 있을까. 그럴 인격을 갖추었을까'라는 의문에 빠지곤 했었습니다. 사랑을 한다는 건 나 같은 인품의 소유자로서는 감히 엄두도 못 낼 만큼 어려운 일처럼 느껴졌기 때문입니다. 그러면서도 어디까지나 책은 책일 뿐이라고 스스로를 격려했지요.

아직 인생의 시작 단계에 서 있던 20대 청년에게 10년이란 세월은 결코 짧지 않은 시간이었을 겁니다. 그 긴 시간을 몸이 불편한 여인과 함께 지내오면서도 그저 한결같은 마음으로 지켜온 그 사랑이 내 가슴 안까지 가득가득 차들어 오는 것만 같았습니다.

세상에 얼마나 많은 사람이 이런 사랑을 나눌 수 있을까요? 문득 청년으로 하여금 한결같은 사랑을 이어오게 만든 여인의 매력 또한 무척 궁금해졌습니다. 분명 남달리 노력한 사랑의 선물일 것 같더군요.

'사랑은 자기희생'이라고도 하고, 또 누군가는 '사랑이 고통'이라고도 말합니다. 정신분석에서도 '고통이 사랑을 만든다'고 말합니다. 괴로움이 있기에 인간 사이에 사랑이 움틀 수 있다는 것이지요. 인간은 기본적으로 이기적인 면이 있어서 행복한 인간이 행복한 타인을 사랑할 수 없다고도 합니다. 따라서 사랑의 근원은 남의 고통을 이해하고 공감하는 데서 비롯된다는 것이지요.

하지만 두 사람의 모습은 그런 거창하고 무겁고 희생적인 분위기와는 거리가 멀어보였습니다. 더없이 밝고 행복해 보일 뿐이었지요. 그들의 모습에서 희생, 봉사, 고통, 인내처럼 무겁고 어렵기만 한 사랑의 정의를 떠올리는 일은 불필요해 보였습니다. 두 사람은 그냥 사랑하는 사이, 그 이상도 이하도 아니었던 것입니다.

요즘도 가끔 신체가 건강하고 이루지 못할 게 없는 젊은 연인들이 사랑이 너무 힘들다며 울고불고 하는 모습을 볼 때마다 오래전 그 커플을 떠올리곤 합니다. 사랑은 그렇게 주고도 준 것을 모를 때, 잃고도 잃은 것을 모를 때, 아파도 아픈 것을 모를 때 비로소 누리게 되는 축복이라는 생각이 듭니다.

그 안에는 불꽃놀이처럼 한순간 화려하게 피어올랐다 이내 사라지고 마는 사랑과는 비교할 수 없는 무엇이 들어 있습니다. 적당히 사랑하고, 적당히 싸우고, 적당히 헤어지고, 적당히 울고, 적당히 괴로워하고…… 그러다 적당히 새로운 사랑을 만나는 연애에서는 결코 찾을 수 없는 것이지요. 상처받을까 두려워 뭐든지 적당히 해치워버리는 요즘의 연애로는 가당치도 않은 일입니다.

상처받을 일이 너무 많아서 그런 걸까요? 그래서 사랑만이라도 상처 없이, 고통 없이, 눈물 없이 그렇게 적당히 하고 싶은 걸까요? 뿌린 만큼 거두고 희생한 만큼 보상받기를 원하는 마음 때문일 겁니다. 그렇다면 젊은 날의 그 들끓는 에너지는 대체 어디에 다 쏟아 부을 건가요? 사랑을 적당히 해치우고는 그 무엇도 온전하게 이룰 수 없습니다. 사랑은 우리 삶의 전체를 지탱하는 뿌리이기 때문입니다.

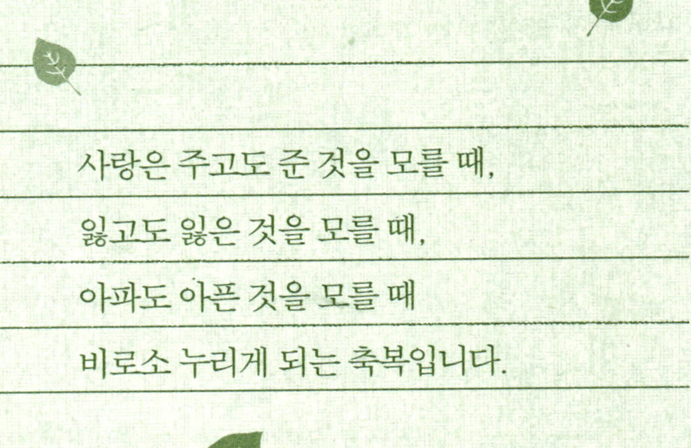

사랑은 주고도 준 것을 모를 때,

잃고도 잃은 것을 모를 때,

아파도 아픈 것을 모를 때

비로소 누리게 되는 축복입니다.

애인에게 내가 모르는 약속이 많아졌다.
얼굴 표정이 무겁고 말수도 줄어든 것 같다. 나와의 약속을 자꾸 미룬다.

바로 나이게 하소서

수잔 폴리스 슈츠

그대와 함께 산길을 걷는 사람이
바로 나이게 하소서.

그대와 함께 꽃을 꺾는 사람이
바로 나이게 하소서.

그대가 속마음을 털어놓는 사람이
바로 나이게 하소서.

그대와 비밀스런 얘기를
나누는 사람이 바로 나이게 하소서.

슬픔에 젖은 그대가 의지하는 사람이
바로 나이게 하소서.

행복에 겨운 그대와 함께 미소 짓는 사람이
바로 나이게 하소서.

그대와 사랑하는 사람이
바로 나이게 하소서.

수잔 폴리스 슈츠 | 미국의 시인. 그의 시는 세계 각국의 고등학교, 대학교의 교과서에 수록되어 국적
과 언어의 경계를 뛰어넘어 가족과 이웃, 자연에 대한 따뜻한 감성을 일깨워주고 있다.

연애에 안정기란 없지요

미국에 있을 때의 일입니다. 어느 날 알고 지내던 여자 동료가 찾아와 자신의 연애사를 늘어놓더군요. 그녀는 얼마 전 연인과 함께 여름휴가를 떠났다고 합니다. 신나고 들뜬 마음으로 휴양지에서 드라이브를 즐기던 중이었습니다. 그런데 느닷없이 상대가 새 애인이 생겼으니 차에서 내려달라는 겁니다.

공중전화 앞까지라도 세워준 걸 그나마 마지막 친절로 받아들여야 했답니다. 사정을 해봐야 소용없는 일이라는 걸 잘 알고 있었으니까요. 그들에게는 싸울 일도 아니라더군요. 그 상황에서 최선책은 일단 두말 하지 않고 차에서 내린 뒤 수첩을 꺼내는 것입니다. 그리고는 만일의 경우를 대비해서 목록에 올려놓았던 후보에게 전화를 거는 겁니다.

"나, 혼자야. 데리러 올래?"

미국 연인들의 일반적인 모습입니다. 한껏 멋을 내고 이곳저곳 분주하게 파티를 즐기며 사람들을 만나는 것도 이 목록에 명단을 올리기 위해서입니다. 그러려면 언제 누구와 만나더라도 즐겁게 대화를 나눌 수 있도록 책도 읽고, 교양도 쌓으며 자신을 매력적으로 가꾸는 일을 게을리 하지 않아야 합니다. 결혼을 해도 이 연애 경주는 끝나지 않습니다. 이혼이라는 달갑지 않은 위기가 언제 찾아올지 모르기 때문입니다.

안타깝게도 우리나라 역시 이혼율이 꽤 높아졌습니다. 그렇더라도 우리나라 연인들은 시작이 어렵지 일단 시작하면 그 다음은 조금 쉽게 가는 편입니다. 잡힌 고기에 미끼는 왜 주느냐는 식이지요. 너무 쉽게 안정권에 들어서는 게 아닌가 싶기도 합니다. 왜냐하면 불확실과 불안정이 속성인 연애에 절정기는 있어도 안정기란 없기 때문입니다. 연애가 안정 단계에 들어섰다면 그건 이미 연애가 아닙니다. 안정된 결혼생활은 있어도 안정된 연애생활이란 존재하지 않습니다.

이런 사실을 외면한 채 우리는 종종 상대의 변해가는 모습에 당황하곤 합니다. 연애 초기에는 하루라도 안 보면 눈이 멀 것처럼 굴더니, 이제는 일주일 만에 만나도 덤덤한 표정입니다. 묻는 말에나 겨우 답할 정도로 말수도 줄고, 기다리는 전화라도 있는지 휴대전화기만 만지작거립니다. 함께 여행을 다녀온 지가 언제인지 기억도 나지 않습니다. 끊었던 담배를 다시 피워도 왜 그러느냐고 묻지도, 따지지도 않습니다. 머리 모양을 바꿔도 관심도 없고, 옷차림이 달라져도 눈길조차

주지 않습니다.

"우리 연인 맞아?" 다잡고 묻기라도 하고 싶은데, 자존심이 영 허락하지 않습니다. 내 옆의 그 사람이 더없이 낯설게 느껴지는 그 쓸쓸한 순간이 내 차지가 될 줄은 미처 몰랐던 것이지요. 연인의 등을 보는 날이 늘어가고, 그 헛헛하고 쓸쓸한 가슴 안으로 원망과 불신이 들어찹니다. 이 모든 게 연인의 마음이 변했기 때문이라고 생각하는 것이지요. 나는 여전히 그대로인데 말입니다.

그런데 정말 그럴까요? 나는 여전히 처음 느낌 그대로일까요? 그대와 함께 산길을 걷고 싶고, 그대가 내게 속마음을 털어놓기를 바라며, 그대가 슬플 때 의지하는 사람도, 행복할 때 미소를 나누는 사람도, 그대와 사랑을 나누는 사람도 바로 나이기를 바라는 욕심만 그대로인 건 아닐까요?

연애에는 언제 끝난다는 기약이 없습니다. 어디까지 어떻게 가야 한다는 원칙도 없습니다. 그냥 갈 데까지 가보는 것이지요. 연애는 축구공과도 같아서 예측할 수도 없습니다. 그렇기 때문에 그때그때의 상황에 따라 적절히 움직이지 않으면 안 됩니다. 미로 찾기처럼 순발력과 창의력도 필요합니다. 끊임없이 벌어지는 새로운 상황에 새로운 방법으로 대응해야 하기 때문입니다. 그런 노력도 하지 않고 상대의 변한 태도를 원망하는 건 자신을 책망하는 것과 다르지 않습니다.

그대와 함께 꽃을 꺾는 사람이 바로 나이기를 바란다면, 그대와 비밀스런 얘기를 나누는 사람이 바로 나이기를 바란다면, 상대의 등을 보며 한숨짓기보다 그 모습마저도 새롭게 바라볼 수 있어야 합니다. 사랑은 상대의 새로움을 끊임없이 발견해내는 일이기 때문입니다. 그리고 그 사람의 말문이 닫힌 이유를 자신에게서 찾아보세요. 대화가 아니라 잔소리를 퍼붓고 있었던 건 아닌지, 가슴 설레는 데이트가 아니라 무덤덤한 만남을 습관적으로 유지해온 건 아닌지 말입니다.

연애와 우정은 다릅니다. 우정은 영원할 수 있어도 연애는 그럴 수 없습니다. 그래서 더 안타깝고 소중한 것이지요. 매순간이 마지막인 것처럼 사랑해보세요. 그러면 연애도 영원할 수 있습니다.

연애는 축구공과도 같아서

그 앞날을 예측할 수도 없습니다.

그렇기 때문에

그때그때의 상황에 따라

적절히 움직이지 않으면 안 됩니다.

낙화(落花)

이형기

가야 할 때가 언제인가를
분명히 알고 가는 이의
뒷모습은 얼마나 아름다운가.

봄 한철
격정을 인내한
나의 사랑은 지고 있다.

분분한 낙화
결별이 이룩하는 축복에 싸여
지금은 가야 할 때

무성한 녹음과 그리고
머지않아 열매 맺는
가을을 향하여

나의 청춘은 꽃답게 죽는다.

헤어지자
섬세한 손길을 흔들며
하롱하롱 꽃잎이 지는 어느 날

나의 사랑, 나의 결별
샘터에 물 고인 듯 성숙하는
내 영혼의 슬픈 눈.

이형기(1933 - 2005) | 시인이자 문화평론가. 한국문학가협회상, 시인협회상, 한국문학작가상 등을
받았다. 시집으로 《꿈꾸는 한발》《존재하지 않는 나무》 등이 있다.

아름다운 마무리까지 사랑입니다

봄만 되면 우울증에 시달리는 40대 남성이 있습니다. 많은 사람들이 그렇듯이 봄을 타서 그러려니 생각했지요. 별다른 치료 없이도 봄만 견디면 그럭저럭 다시 원기를 회복하곤 했으니까요.

그런데 이번엔 정도가 달랐습니다. 직장을 쉬어야 할 만큼 심각했지요. 그는 모든 것에 의욕을 잃었고, 심지어 자살의 유혹까지 견뎌야 하는 고통을 받고 있었습니다. 그의 증상은 봄이면 나타나는 계절병도, 단순한 우울증도 아니었습니다. 10여 년 전 봄에 겪었던 실연의 아픔이 때만 되면 되살아나 그의 마음을 병들게 했던 것입니다.

모든 걸 잊고 잘 지낸다고 생각했습니다. 그녀를 잊은 지도 이미 오래입니다. 그 시절의 사랑도 그 시절의 그리움도 모두 세월 속으로 흘려보냈습니다. 다른 사람을 만나 결혼도 하고, 지금의 아내와도 행복하게 지낸다고 생각했지요. 하지만 그건 의식적인 노력일 뿐이었습니다. 그의 잠재의식 속엔 아직도 실연의 아픔이 가시지 않고 있었던 것입니다.

눈부시도록 찬란한 햇살 속에서 막 피어난 개나리만큼이나 환하게 웃고 있던 한 여인을 떠나보내야 했던 그 아픔. 많은 날들이 지나도 이별이 안겨준 크나큰 상실감을 극복하지 못한 것이지요. 그녀와 헤어지고 지금의 아내를 만난 건 행운이라고 스스로를 합리화하며 잘 살아보려 했지만, 실연의 응어리는 봄이면 어김없이 다시 불거졌습니다. 분노와 함께 상한 자존심의 울분까지 뒤범벅된 채로 말입니다.

평생 함께할 거라 믿었던 사람이, 언제까지나 영원할 거라 믿었던 사랑이 등을 보이며 멀어져가는 그 순간, 수백 수천 개의 가시가 일시에 가슴에 와 박힙니다. 사랑이 끝났으니 세상도 끝나고, 살아야 할 이유도 살고 싶은 마음도 없습니다.

대개의 경우 연인 사이의 이별은 어느 한쪽의 일방적인 통보일 때가 많습니다. 마음의 준비를 할 사이도 없이 쑥, 하고 비수가 폐부를 가릅니다. 무엇으로도 변해버린 연인의 마음을 돌릴 수는 없습니다. 어떻게 이 일방적인 상황을 이해할 수 있을까요. 미련과 분노가 갈라진 폐부 사이로 흘러내립니다. 그래도 이 정도면 아름다운 이별이랄 수 있습니다. 욕설과 폭력이 오가고…… 한때 너 아니면 죽고 못 살겠다던 사람들일까 의심마저 드는 경우도 있습니다. 어떤 이유에서건 이별은 감내하기 힘든 쓰라린 고통입니다.

하지만 연애에는 기약도 규칙도 없습니다. 무규칙 이종격투기와도 같지요. 그러니 만남이 있으면 당연히 이별도 있고, 그 이별과 또 이별 후에 찾아올 아픔까지도 한 사람을 사랑하는 과정에 포함시켜야 하지요. 관계 속에 살아가는 우리 중 그 누구도 이별의 아픔을 피해갈 수는 없습니다. 이별은 평생을 살면서 몇 번은 거쳐야 하는 통과의례 같은 것입니다. 만나고 이별하고 또 만나고…… 이런 사랑의 여정을 거치며 우리의 삶은 성숙해지고 단단해집니다. 아픔과 그리움, 회환과 슬픔이 뒤엉킨 이별의 기억들이 다져지고 다져져서 인생의 밑거름이 되는 것이지요.

이별을 할 때 헤어짐 자체를 두려워하기보다 어떻게 잘 헤어지느냐가 중요합니다. 40대 남성의 경우처럼 헤어지는 순간의 기억은 두고두고 나의 삶을 지배합니다. 그렇기 때문에 더더욱 아름답고 소중한 순간으로 기억되어야 합니다.

"헤어져가는 것에 사랑을 느낀다는 것, 이 얼마나 부조리인가."

어느 시인의 고백입니다. 떠나는 것, 헤어지는 것, 멀어지는 것들의 뒷모습은 더더욱 안타깝고 아름답습니다.

라일락 향기 따라 오월이 지나갑니다. 가는 봄이 아쉬워 속절없이 눈물이 흐르기도 합니다. 그렇다고 삶이 끝나는 건 아닙니다. 봄의 뒤를 따라 여름이 찾아오고, 그 여름의 빈자리엔 풍성한 가을이 자리를 대신합니다. 그리고 다시 겨울이 오고 봄이 찾아옵니다. 그렇게 몇 번의 계절이 오가고, 이별과 만남을 반복하는 동안 사랑의 상처는 점점 아물어갑니다.

해마다 봄이면 또 많은 연인들이 어디선가 이별의 고통을 경험하고 있겠지요. 너무 오래, 너무 많이 아파하지 않았으면 좋겠습니다. 가슴에 박힌 가시들을 뽑아내줄 누군가를 또 만날 테지요. 그리고 그 아픔조차도 내 삶의 한 부분이며 사랑의 과정입니다.

그 누구도 이별의 아픔을 피해갈 수는 없습니다.

만나고 이별하고 또 만나고…

이런 사랑의 여정을 거치며

우리의 삶은 더욱 성숙해지고 단단해집니다.

친구들이 모두 결혼하고 나만 혼자 남았을 때

결혼한 친구들이 가끔은 부럽다. 조급한 마음에 소개팅을 많이 한다.
내 이상형이 아니면 절대 만나고 싶지 않다.

기다림

조병화

기다리는 게 있다는 건
얼마나 생기로운 비밀인가
가쁘게 목 타게 살아가는 나날을
이어주는 숨은 지하수가 아닌가

먼 곳에서 아물아물
가물거리며 다가오는 듯한
기별 같은 거, 소식 같은 거
기다리는 게 있다는 건
얼마나 아련스러운 위안이랴

사방천지 모두 차단된 거 같은
멍멍한 이 세상에서, 엄동설한에
겨울 물처럼 숨 쉬고 있는
기다림 같은 게 있다는 건

얼마나 애절스러운 사랑이랴

무수한 사람들에 채여
얼얼 방향을 잃고 허둥거리는
이른 봄 벌레처럼 처진 자리에
아찔, 아찔, 아찔거리는
기다림 같은 게 있다는 건
얼마다 보살 같은 따사로움이랴

보일 듯이, 잡힐 듯이, 들릴 듯이
가까운 어느 곳에
기다림 같은 것이 아롱거리는 건
얼마나 잔인한 그리움이랴

아, 기다림이 있다는 건
얼마나 고독한 긴, 긴, 벌인가

조병화(1921 ~ 2003) | 고독과 낭만을 수려한 시어로 노래하여 큰 공감을 받아왔다. 세계시인대회장, 한국문인협회 이사장 등을 지냈다. 시집으로 《먼지와 바람 사이》《밤의 이야기》《어머니》 등이 있다.

기다림은 설레는 희망입니다

계절의 여왕 봄 그리고 가을, 참 아름다운 계절입니다. 그런데 어느 날부터 이 계절이 영 달갑지 않게 느껴집니다. 여기저기서 날아드는 결혼 청첩장들. 일주일에 서너 장이 동시에 날아들기도 합니다. 여기에 아이들 백일에 돌잔치까지. "아, 이 뿌린 돈을 대체 언제 다 거둔단 말이야!" 조금씩 조급해지기 시작합니다.

그러나 뿌린 돈 때문이 아니라는 걸 우리는 잘 알고 있습니다. 독신을 찬양하던 친구마저 어느 틈엔가 짝을 만들어 청첩장을 돌리고 있습니다. 배신감과 소외감이 함께 밀려듭니다. 끄트머리에는 부러움과 조급증이 꼬리표처럼 따라붙습니다. 외면하려 해도 자꾸만 꼬리표에 마음이 가 닿습니다. 꾸질한 결혼생활을 하느니 차라리 화려한 싱글로 살겠다고 호언장담하던 자신은 어디로 숨었는지, 도무지 싱숭생숭하기만 한 마음을 어찌해야 할지 모르겠습니다.

"야, 비 온다. 나와! 한 잔 하자."

"어머, 눈이 오네! 우리 오늘 와인 마시러 갈까?"

비가 온다고, 눈이 온다고, 회사에서 깨졌다고, 쓸쓸하다며 시도 때도 없이 찾아대고 붙어 다니던 친구들이었습니다. 이제 그 시절은 끝난 모양입니다. 영화 한 편 보려고 해도 마땅한 사람을 찾아야 하고, 혼자 하는 쇼핑이 어색해서 대충 인터넷으로 사고 맙니다. 등산도, 운동도 함께할 친구가 없으니 버려진 고아처럼 서럽기까지 합니다. 여기저기 소개팅 주선을 부탁하고, 서점에 가서 연애백서도 기웃거려봅니다. 하루가 일 년 같기만 합니다. 도대체 나의 짝은 얼마나 먼 곳에서 오고 있기에 아직도 나타나지 않는 걸까요. 기다림은 정말 고독하고 기나긴 벌인가 봅니다.

하지만 누군가를 만난다는 게 어디 그렇게 호떡 뒤집듯 뚝딱 이뤄지는 건가요. 결혼이라는 게 허겁지겁 국밥 말아먹듯 후딱 해치울 수 있는 건가요. 그럴 수도 없고 그래서도 안 되는 것이지요.

살면서 우리는 참 많은 선택 앞에 놓이게 됩니다. 그 중에서도 특히 배우자를 고르고, 결혼을 결심하기까지는 상당한 용기와 신중함이 따릅니다. 혹시라도 나의 선택이 잘못된 건 아닐까, 이보다 더 나은 사람이 나타나면 어쩌나, 결혼은 무덤이라는데 지금이라도 생각을 바꿀까, 그냥 도망쳐버릴까? 별별 생각이 다 듭니다. 백화점에서 넥타이 하나 고를 때도 수십 가지 생각이 스치는데, 하물며 결혼인데 당연한 현상이지요.

그러니 급한 마음에 후딱, 대충 해치울 수는 없는 일입니다. 결혼에 대해 지나친 환상을 갖거나 완벽한 결혼을 꿈꾸는 것도 문제지만, 조급함이 앞서서 깊이 고려하지 않고, 덜커덕 일부터 저지르고 보는 것 또한 결혼생활에 문제를 가져올 수 있습니다.

가만히 생각해보세요. 아직 내가 혼자라는 거, 아직 미혼이라는 거 참 괜찮은 일 아닙니까? 언제든 새로운 누군가를 만날 수 있다는 무한한 가능성과 짜릿한 기대감. 그것만으로도 참 살맛나는 일이지요. 기다림이란 그런 것입니다. 어디에선가 나를 만나러 오고 있을 그 사람을 기다리는 일. 진심으로 나를 이해하고 나의 가치를 인정하며 온 마음으로 나의 사랑을 헤아릴 줄 아는 사람. 그 사람이 지금 나를 향해 다가오고 있다고 생각해보십시오. 그것만으로도 참 흥분되고 설레는 일 아닙니까?

설렘과 기대 속에 살아가는 하루하루는 지루한 형벌이 아니라 희망입니다. 기다림이 없는 사람은 정신이 가난한 사람입니다. 기다림이 없는 사람은 희망이 없는 사람입니다. 짚신도 짝이 있고, 제 눈에 안경이라는 말은 괜한 옛말이 아닙니다. 사람은 다 저마다의 인연을 가지고 있기 마련이고, 다만 그 시기가 조금씩 다를 뿐입니다.

결혼에는 지금껏 해왔던 것의 몇 배 이상, 또는 이전까지 경험하지 못했던 새로운 책임과 의무와 노력이 필요합니다. 결혼한 친구가 전과 달리 자주 깊은 한숨을 내쉰다면, 그저 말없이 어깨나 한 번 쳐주십시오. 결혼은 그런 것입니다.

아직 내가 혼자라는 것,

그것은 설레는 기다림입니다.

언제든 새로운 누군가를 만날 수 있다는

무한한 가능성과 짜릿한 기대감,

그것만으로도 참 살맛이 납니다.

친구의 결혼생활이 궁상스럽게 보일 때

결혼에 대하여

정호승

만남에 대하여 진정으로 기도해온 사람과 결혼하라

봄날 들녘에 나가 쑥과 냉이를 캐어본 추억이 있는 사람과 결혼하라

된장을 풀어 쑥국을 끓이고 스스로 기뻐할 줄 아는 사람과 결혼하라

일주일 동안 야근을 하느라 미처 채 깎지 못한 손톱을 다정스레 깎아
주는 사람과 결혼하라

콧등에 땀을 흘리며 고추장에 보리밥을 맛있게 비벼먹을 줄 아는 사
람과 결혼하라

어미를 그리워하는 어린 강아지의 똥을 더러워하지 않고 치울 줄 아
는 사람과 결혼하라

가끔 나무를 껴안고 나무가 되는 사람과 결혼하라

나뭇가지들이 밤마다 별들을 향해 뻗어나간다는 사실을 아는 사람과
결혼하라

고단한 별들이 잠시 쉬어가도록 가슴의 단추를 열어주는 사람과 결혼
하라

가끔은 전깃불을 끄고 촛불 아래서 한 권의 시집을 읽을 줄 아는 사람
과 결혼하라
책갈피 속에 노란 은행잎 한 장쯤은 오랫동안 간직하고 있는 사람과
결혼하라
밤이 오면 땅의 벌레 소리에 귀 기울일 줄 아는 사람과 결혼하라
밤이 깊으면 가끔은 사랑해서 미안하다고 속삭일 줄 아는 사람과 결
혼하라
결혼이 사랑을 필요로 하는 것처럼 사랑도 결혼이 필요하다
사랑한다는 것은 이해한다는 것이며
결혼도 때로는 외로운 것이다

정호승 | 부드럽고 따뜻한 시로 많은 사랑을 받아왔다. 소월시문학상, 동서문학상, 정지용문학상 등
을 수상했다. 시집으로 《슬픔이 기쁨에게》 《새벽편지》 등이 있다.

환상과 현실의 사이에서

어느 주말 결혼한 제자가 집으로 초대를 했습니다. 말이 초대지 이건 뭐 호떡집에 불이라도 난 것 같았습니다. 두 아이는 끊임없이 싸우고, 넘어지고, 울고 소리 지르기를 반복합니다. 부부는 그런 두 아이들에게 끌려 다니느라 대화의 대부분이 단답형입니다. 대화라고 할 수도 없었지요. 벽지는 어느 한구석 깨끗한 곳이 없고, 바닥 곳곳에는 아이들의 장난감과 책들이 널려 있었습니다. 맞벌이를 하는 부부가 유일하게 쉴 수 있는 날은 주말뿐입니다. 그러나 주말 동안 부부는 육아 이외의 것은 꿈도 꾸지 못합니다. 일주일 동안 놀이방과 유치원과 할머니 집을 전전했던 아이들이 안쓰러워서입니다.

정성껏 차린 음식을 코로 먹었는지 입으로 먹었는지 대충 젓가락을 내려놓고 서둘러 자리에서 일어섰습니다. 부랴부랴 제자의 집을 빠져나오며 긴 한숨을 토해냅니다. 꽃 같던 제자의 결혼 전 모습이 불현듯

스쳐갔습니다. 더없이 잘나고 더없이 똑똑하고 앞으로도 영원히 그럴 것만 같았던 그였습니다.

아직 미혼이라면 누구나 이런 경험이 있을 겁니다. '난 저렇게 살지 말아야지' 하면서 말입니다. 언젠가 분명 자신이 꿈꾸는 완벽한 결혼 생활을 함께할 이상형이 나타날 거라고 믿는 것이지요. 이런 심리를 결혼 모라토리엄이라고 합니다. 여러 번 뜨거운 연애를 하면서도 결혼 하지 못하는 사람은 이런 모라토리엄 심리가 강하기 때문입니다. 어디 엔가 더 나은, 더 완벽한 사람이 있을 거라는 환상 때문입니다.

참 아름다운 여인이 있었습니다. 지성과 교양을 갖춘 멋진 여인이었 지요. 사람들의 축복과 선망 속에 결혼식도 올렸습니다. 남편은 곧 교 수가 될 거라고 했습니다. 제2의 인생이 화려하게 시작된 것입니다. 신혼여행이 끝나고 장밋빛 흥분이 채 가시기도 전에 그녀는 단칸 셋방 에서 연탄을 갈아야 했습니다. 가난한 대학 조교 생활이 현실로 다가 왔습니다. 박사학위를 따기까지는 학비도 만만치 않게 들었습니다. 밤 이 늦어서야 연구실에서 돌아오는 남편은 늘 지쳐 있었고, 집에 와서 도 대부분을 책상에 붙어 앉아 있었습니다. 방해가 될까봐 그녀는 숨 소리조차 죽여야 했습니다.

그런 날들이 오래 반복되자 그녀는 심각한 회의에 빠져들기 시작했 습니다. 자신의 꿈이 산산이 깨졌다고 생각했습니다. 가슴이 터질 것 처럼 답답하고 우울한 감정이 지속되었습니다. 불평과 불만이 봇물처 럼 터져 나왔고, 자연히 부부싸움이 잦아졌습니다. 그러자 남편은 공부에 방해가 되니 나가줄 것을 요구했습니다. 그녀에게는 충격이 아닐 수 없었습니다.

그날 새벽 그녀는 응급실로 실려 왔습니다. 추위 속에 실신해 있는 걸 지나가던 택시기사가 발견했던 것입니다. 오후 늦게야 정신이 돌아왔지만, 흐느낌이 그치지 않아 면담이 어려웠습니다. 그녀는 이제야 환상의 세계에서 빠져나왔던 것입니다. 얼음과도 같았던 환상의 세계가 그녀의 뜨거운 눈물에 녹아내리고 있었습니다. 퇴원 후 그녀가 한 통의 편지를 보내왔습니다.

"집으로 돌아와 손이 부르트도록 빨래도 하고 청소도 했습니다. 처음으로 느껴본 기분이었습니다. 장밋빛 환상에 눈이 멀어 그동안 보지 못하던 것들이 보이기 시작합니다. 어떻게 사는 게 진정으로 값진 인생인지도 조금은 알 것 같습니다."

결혼생활이 늘 연애 때와 같다면 세상은 그야말로 장밋빛일 겁니다. 누구나 그러길 바라지만 안타깝게도 누구도 그럴 수 없는 게 우리의 현실입니다. 그런 기대 자체가 무모한 바람이자 욕심인 것이지요. 그 욕심을 버리지 못하고 연연할 때 결혼생활에 위기가 찾아옵니다. 어느 작가는 결혼생활에 대해 이렇게 말하더군요. "결혼생활은 달콤한 연애 영화를 보고 막 영화관을 나왔을 때의 기분이다. 쓰레기가 널려 있는 비 내리는 거리, 멱살잡이를 하며 싸우는 사람들, 장사꾼들의 고함치는 소리…… 늘 보는 일상의 길을 걸어 귀가하는 그런 기분"이라고 말입니다.

연애는 꿈과 환상으로 채워지지만, 결혼은 차가운 현실 그 자체입니다. 연애는 누구에게도 알리고 싶지 않은 비밀스런 감정으로 현실 사회로부터 떨어지려는 성질이 있지만, 결혼은 환상 세계로 도피했던 두 사람이 다시 현실로 돌아오는 과정이기 때문입니다. 결혼은 열정과 애정 위에 섹스와 일상생활이라는 소스로 버무린 샐러드 같은 것입니다. 따뜻한 불씨처럼 은근한 애정을 유지함과 동시에 황홀과 도취 없이도 인내하고 노력하면서 새로운 가치와 새로운 관계를 정립해 나가야 하지요.

결혼이라는 의자를 미리 너무 여물게 짜두지 마세요. 그 의자에 딱 들어맞는 사람을 찾다가 젊음도 세월도 다 가버리고 맙니다. 결혼은 미리 짜놓은 의자에 맞는 사람을 찾는 게 아니라, 결혼하지 않으면 안 될 것 같은 사람을 만나 둘이서 함께 몸에 맞는 의자를 만들어가는 것입니다. 아직도 친구의 결혼생활에 머리가 절레절레 흔들어지십니까? 걱정 마세요. 친구는 당신의 생각과 달리 행복한 삶을 살고 있을 겁니다.

가족이란 울타리가 버겁게 느껴질 때
퇴근 후 집에 들어가기 싫어질 때
무엇보다 아이를 최고로 키우고 싶을 때
부부싸움 후 말도 하기 싫어질 때
남편 때문에 마음이 울적할 때
형제간의 우애가 흔들리기 시작할 때
부모님과 의견차이로 힘들어질 때
어머니의 빈자리가 그리워질 때
아버지의 고단함을 뒤늦게 깨달았을 때

세엣

가족의 울타리

길

윤동주

잃어버렸습니다.

무얼 어디다 잃었는지 몰라

두 손이 주머니를 더듬어

길에 나아갑니다.

돌과 돌과 돌이 끝없이 연달아

길은 돌담을 끼고 갑니다.

담은 쇠문을 굳게 닫아

길 위에 긴 그림자를 드리우고

길은 아침에서 저녁으로

저녁에서 아침으로 통했습니다.

돌담을 더듬어 눈물짓다

쳐다보면 하늘은 부끄럽게 푸릅니다.

풀 한 포기 없는 이 길을 걷는 것은

담 저 쪽에 내가 남아 있는 까닭이고,

내가 사는 것은, 다만,

잃은 것을 찾는 까닭입니다.

윤동주(1917~1945) | 일제강점기에 어둡고 가난한 현실 속에서 인간의 삶과 고뇌를 사색하는 시를
많이 썼다. 주요 작품으로 〈서시〉〈하늘과 바람과 별과 시〉〈별 헤는 밤〉 등이 있다.

나의 꽃은 안녕한가요?

'7년 만의 가려움(7 years itch)'이란 말이 있습니다. 혹시 들어보셨나요? 결혼 7년차가 될 즈음 뭔가 새롭고 설레는 도전을 해보고 싶어 몸이 근질거리는 걸 귀엽게 가렵다는 표현으로 바꿔준 말입니다. 그 즈음이면 부부 사이에 슬쩍 권태기가 찾아오기도 합니다. 가려운 게 당연합니다. 문제는 제대로 긁어야 한다는 것입니다. 자칫 엉뚱한 데를 긁을 수도 있고, 너무 심하게 긁어서 피가 날 수도 있습니다.

잠시도 떨어뜨려 놓을 수 없던 아이는 이제 유치원으로 학원으로 오후가 되어서야 집에 돌아오고, 살림도 시집과의 관계도 웬만큼 자리를 잡았습니다. 더없이 일이 바빠진 남편과는 30분 이상 얼굴 마주하는 것조차 쉽지 않습니다. 몸이 근질거리는 게 당연하지요.

없는 약속을 만들어 외출을 시도합니다. 남편과 아이 없이 하는 외출은 참으로 오랜만입니다. 마냥 홀가분하고 자유로워야 하는데, 왜 이렇게 어색하고 불편한 걸까요. 진열장에 비친 자신의 모습을 물끄러미 바라봅니다. 이제는 젊지도 않네요. 둥그스름한 몸과 위축된 어깨, 부스스한 머리, 처진 얼굴…… 세상의 주인공인 양 날아오를 것만 같던 그때의 내 모습은 찾아볼 수가 없습니다.

누구에게 들키기라도 할까 부랴부랴 집으로 돌아옵니다. 허리를 조이던 원피스를 벗어던지고 트레이닝복 속으로 몸을 밀어 넣습니다. 그런데 편해진 몸만큼 마음도 편해지질 않습니다. 너무 오래 세상 밖으로 밀려났다 돌아온 기분입니다. 너무 오랫동안 내 이름을 불러준 사람이 없어서, 그래서 스스로도 내가 누군지 잊은 것만 같습니다. 산다는 게 허무하기만 합니다.

널어놓은 빨래를 걷어 하나하나 개어놓고, 남편 와이셔츠를 다리고, 아이 먹을 간식을 만듭니다. 청소를 하고 저녁을 하고 아이 목욕을 시키고, 출장 갈 남편의 여행가방을 챙깁니다. 아이에게 책을 읽어주고, 잠든 아이의 뺨에 입을 맞추고, 그리고 혼자 앉아 드라마를 봅니다. 자신을 돌보지 않고 가족을 위해 평생 고생만 하며 살던 여자가 몸에 이상신호를 느낍니다. 암은 아닐까 덜컥 겁이 납니다. 주체할 길 없이 눈물이 흘러내립니다. 남편은 아직 돌아오지 않습니다. 이 헛헛하고 처량한 심정을 누구에게라도 털어놓고 싶지만 아무도 없습니다.

학창시절 꽤나 영특하단 소릴 들었습니다. 어머니 혼자 꾸려가는 집안 살림은 늘 허덕였고, 아르바이트로 등록금을 마련해 겨우 2년제 대학을 졸업했습니다. 학교를 다니면서도 아르바이트를 쉬어본 적이 없습니다. 둘이나 되는 동생을 어머니에게만 떠안길 수는 없었습니다. 자연히 결혼도 늦어졌습니다. 지금의 남편을 만난 걸 모두가 부러워 했습니다. 서른이 훨씬 넘은 노처녀가 맞이할 남편감으로 차고 넘친 다고 생각한 모양입니다.

결혼하고 곧 아이가 생겼습니다. 그제야 오랜 동안 쉼 없이 해오던 일을 그만두고 쉴 수 있었습니다. 하지만 아이가 태어나고부터 다시 쫓기는 생활이 시작되었습니다. 물론 능력 좋은 남편 덕에 전처럼 경제적인 걱정은 하지 않아도 되었습니다. 그것만으로도 감사해서 집에서만큼은 남편을 왕처럼 모셨습니다. 남편은 정말 왕처럼 굴었고, 덩달아 아이도 왕자님처럼 굴었습니다. 하지만 자신은 왕비도 공주도 아니었습니다. 스스로 희생을 자처하며 가정부의 삶을 택한 것입니다. 어려서부터 가족에게 해왔던 희생이 습관을 넘어 중독이 된 것이지요. 그러니 몸이 가려워도 어디를 어떻게 긁어야 시원해지는지조차 알 길이 없는 것입니다.

세상 그 누구도 나를 주인공으로 만들어주지 않습니다. 나를 움직이는 사람도, 그것을 결정하는 사람도 나입니다. 그리고 그 결과를 책임지는 사람도 바로 나입니다. 그러니 스스로 자신을 돌보고 가꾸지 않으면, 나의 꽃은 피지도 못한 채 시들어버리고 맙니다.

가족, 당연히 끌어안아야 할 평생의 업이지요. 하지만 가족들의 꽃을 위해 내가 가진 거름을 모두 쏟아 부으면 나의 꽃은 어떻게 될까요? 누가 물이라도 주기나 할까요? 나의 꽃이 안녕하지 못하면, 가족의 꽃이 아무리 활짝 피어난들 그 아름다움이 마음 깊이 와 닿지 않는 법입니다. 피지도 못한 채 시들어버린 꽃은 이제 잊으세요. 원망도 말고 서러워도 마십시오. 이제부터 새롭게 인생의 두 번째 꽃을 피우는 겁니다. 물도 주고 거름도 주면서 수시로 돌보고 가꾸세요. 거름이 부족하면 가족에게 손도 내미세요. 말하지 않으면 아무도 알 수가 없지요. 설령 가족이라도 말입니다. 그리고 스스로에게 물어보세요.

오늘도 나의 꽃은 안녕한가요?

누구도 나를 주인공으로 만들어주지 않습니다.
나를 움직이는 사람도, 그것을 결정하고
책임지는 사람도 바로 나입니다.
그러니 자신을 돌보고 가꾸지 않으면
나의 꽃은 피지도 못한 채 시들어버리고 맙니다.

퇴근 후 집에 들어가기 싫어질 때

요즘 집에서 짜증을 많이 부린다. 결혼을 후회해본 적도 있다.
퇴근 후 자주 집에 늦게 들어간다.

오늘은 일찍 집에 가자

이상국

오늘은 일찍 집에 가자

부엌에서 밥이 잦고 찌개가 끓는 동안

헐렁한 옷을 입고 아이들과 뒹굴며 장난을 치자

나는 벌 서듯 너무 밖으로만 돌았다

어떤 날은 일찍 돌아가는 게

세상에 지는 것 같아서

길에서 어두워지기를 기다렸고

또 어떤 날은 상처를 감추거나

눈물자국을 안 보이려고

온몸에 어둠을 바르고 돌아가기도 했다

그러나 이제는 일찍 돌아가자

골목길 감나무에게 수고한다고 하는 체를 하고

언제나 바쁜 슈퍼집 아저씨에게도

이사 온 사람처럼 인사를 하자

오늘은 일찍 돌아가서

아내가 부엌에서 소금으로 간을 맞추듯

어둠이 세상 골고루 스며들면

불을 있는 대로 켜놓고

숟가락을 부딪치며 저녁을 먹자

이상국 | 백석문학상 · 민족예술상 · 유심작품상 등을 수상했다. 시집으로 〈내일로 가는 소〉 〈우리는
읍으로 간다〉 등이 있다.

안정이 주는 선물입니다

가장 소중히 여기는 서로를 얻었는데, 왠지 결혼을 하고나면 서로에게 요구하는 것들이 점점 더 많아집니다. 그리고 신기하게도 남편과 아내가 요구하는 내용은 사뭇 다릅니다.

남편이 아내에게 하는 요구는 "……좀 하지 말아달라"는 내용이 대부분입니다. 예를 들면, "잔소리 좀 하지 마, 전화 좀 하지 마, 나가자고 좀 하지 마, 일찍 들어오라고 좀 하지 마" 등등이 그렇습니다. 반면 아내는 "……좀 해달라"는 요구가 많지요. 예를 들면, "애랑 좀 놀아줘요, 쇼핑하러 같이 가줘요, 청소 좀 해줘요, 얘기 좀 들어줘요" 등등입니다.

남편들 요구의 대부분이 가족에게서 벗어나 혼자이고 싶어하는 마음에서 비롯되었다면, 아내들의 요구사항은 항상 온가족이 함께하기를 바라는 마음에서 나온 것들입니다. 이처럼 남자와 여자, 아내와 남편은 그 심리부터가 다르고, 그런 만큼 결혼생활에 대한 기대도 서로 다를 수밖에 없습니다.

특히 시각적인 자극에 민감한 남편은 결혼 전과 많이 달라진 아내의 모습에 좀 실망합니다. 부스스한 머리, 늘어진 트레이닝복, 거칠어진 손, 눈가 가득한 기미, 불룩한 뱃살, 입만 열면 쏟아내는 똑같은 잔소리. 퇴근 시간이 가까워질수록 마음은 점점 더 집에서 멀어집니다. 심신이 피곤해 빨리 집에 가서 쉬고 싶지만, 일부러 동료를 부추겨 술자리를 만듭니다.

그렇다고 술자리가 마냥 즐거운 것도 아닙니다. 초긴장 상태인 회사 분위기에 대화는 무거울 대로 무거워져갑니다. 그런 상황에서 먼저 일어섰다간 '의리 없는 놈' 소리라도 들을까 싶어 붙박이처럼 앉아 있다 보니 자정을 넘기기 일쑤입니다. 집에 들어가 회사 이야기를 하면 못난 가장으로 보일까 싶어 밖에서 모든 걸 풀려는 것이지요. 상처 난 가슴을 들키기라도 할까 방패처럼 굳게 입을 닫아건 채 말입니다.

겉도는 남편들에게 아내들도 할 말은 있습니다. 외출복도 변변치 않은데 집에서 입는 옷쯤이야 아무려면 어떻고, 몇 정거장쯤 걸어 다니는 게 일상이다 보니 자연히 얼굴은 탈 수밖에 없습니다. 또 손에 물마를 새가 없으니 거칠어지는 건 당연한 일이고, 미용실 한 번 갈 때마다 드는 엄청난 비용을 어찌 감당하며, 아이를 둘씩 낳다보니 생긴 뱃살을 어쩌겠습니까.

우아하고 아름다운 모습으로 살고 싶지 않은 아내는 세상에 없을 겁니다. 하지만 결혼은 어쩜 그리도 냉혹한 현실인지요. 그래도 가끔은 "힘들었지?"라는 말까진 아니더라도 부은 다리라도 주물러주는 남편이었으면 합니다. 여자들로 복닥거리는 미용실까지 함께 가주지는 않더라도 바뀐 머리모양이라도 알아봐줬으면 합니다. 광고에서 아내에게 신용카드를 건네며 "맘 놓고 써!"라고 말하는 남편, 아내들은 경탄해 마지않은 환호를 쏟아냅니다. 든든한 경제력과 마음을 헤아리는 포용력, 세련되고 친절한 매너. 그야말로 아내들의 로망이지요.

하지만 겉도는 남자도, 멋을 잃은 여자도 우리가 끌어안아야 할 나의 남편이자 아내입니다. 그리고 우리는 서로의 삶이, 서로의 역할과 책임이 참으로 무겁고 힘들다는 걸 모르지 않습니다. 살다보니 조금은 실망하고 결혼생활에 권태도 느끼지만, 그렇다고 사랑하지 않는 것도, 미워하는 것도 아닙니다. 권태는 누구에게나 어떤 상황에서나 찾아오는 세월의 고비 같은 것이며, 부부의 노력으로 이룬 '안정'의 또 다른 이름입니다.

결혼생활이 연애처럼 마냥 낭만적일 수는 없습니다. 만약 그렇다면 어디 생활이 유지되기나 하겠습니까. 생활이 항상 드라마틱하기만 하다면, 그 지나친 긴장감과 불안정감 때문에 부부는 오히려 도망치려고 할지도 모릅니다. 생각만으로도 피곤이 몰려오는 일이지요.

집으로 향하는 발걸음이 더없이 무겁게 느껴질 땐 꽃집에 들러 장미라도 한 다발 사보십시오. 꽃향기와 함께 사라진 줄로만 알았던 아내의 고운 미소가 되살아날 겁니다. 떠나간 열차는 되돌아오지 않습

니다. 낭만이라는 이름의 열차가 떠나버렸다면, 이제 다음 열차를 갈
아탈 때입니다. 그리고 그 열차의 이름은 부부가 만들어가는 것입니
다. 권태, 안정, 믿음, 신뢰, 사랑…… 이 다양한 이름 중에 하나 고르
십시오. 선택은 당신의 몫입니다.

우리는 서로의 역할과 책임이
참으로 무겁고 힘들다는 걸 모르지 않습니다.
살다보면 조금은 실망하고 권태도 느끼지만
그렇다고 사랑하지 않는 것도,

미워하는 것도 아닙니다.

무엇보다 아이를 최고로 키우고 싶을 때

아이의 성적이 떨어지면 잠도 안 온다, 교육을 위해 뭐든 최고로 해주고 싶다,
아이가 부모보다 더 성공했으면 좋겠다.

아이들을 위한 기도

김시천

당신이 이 세상을 있게 한 것처럼

아이들이 나를 그처럼 있게 해주소서

불러 있게 하지 마시고

내가 먼저 찾아가 아이들 앞에

겸허히 서게 해주소서

열을 가르치려는 욕심보다

하나를 바르게 가르치는 소박함을

알게 하소서

위선으로 아름답기보다는

진실로써 피 흘리길 차라리 바라오며

아이들의 앞에 서는 자 되기보다

아이들의 뒤에 서는 자 되기를

바라나이다

당신에게 바치는 기도보다도

아이들에게 바치는 사랑이 더 크게 해주시고

소리로 요란하지 않고

마음으로 말하는 법을 깨우쳐 주소서

당신이 비를 내리는 일처럼

꽃밭에 물을 주는 마음을 일러주시고

아이들의 이름을 꽃처럼 가꾸는 기쁨을

남 몰래 키워가는 비밀 하나를

끝내 지키도록 해주소서

흙먼지로 돌아가는 날까지

그들을 결코 배반하지 않게 해주시고

그리고 마침내 다시 돌아와

그들 곁에 순한 바람으로

머물게 하소서

저 들판에 나무가 자라는 것처럼

우리 또한 착하고 바르게 살고자 할 뿐입니다

저 들판에 바람이 그치지 않는 것처럼

우리 또한 우리들의 믿음을 지키고자 할 뿐입니다

김시천 | 1989년 신작시집《몸은 비록 떠나지만》을 발표하면서 본격적으로 활동을 시작했다. 시집으로《청풍에 살던 나무》《지금, 우리들의 사랑이라는 것이》등이 있다.

기다려줘야 재능도 보입니다

아이가 태어나고 그 아이가 어느새 말도 하고 글도 읽어가기 시작하면, 부모들의 반응은 대개 둘 중 하나입니다. "다른 아이들에 비해 우리 아이만 유독 늦는 건 아닐까?" 하는 쓸데없는 걱정과 "다른 아이들에 비해 우리 아이만 유독 뛰어난 건 아닐까?" 하는 지나친 기대가 그것입니다.

아이가 조금 늦다 싶으면 부모들은 이내 지능발달에 이상이 있는 건 아닌지 아이를 끌고 온갖 검사를 시키며 발을 동동 구릅니다. 또 아이가 조금 빠르다 싶으면, 천재나 영재일지도 모른다는 기대감에 넘쳐 온갖 영재프로그램에 아이를 몰아넣습니다. 아이들의 의사 따위는 아랑곳하지 않은 채 말입니다. 하지만 아이의 재능을 위해서라면 이는 모든 부모들이 버려야 할 자세입니다. 아이에게는 저능이란 선입견도 천재란 선입견도 있을 수 없습니다. 부모의 욕심과 기우로 인해 아이들의 예민한 천재성이 꽃도 피워보기 전에 사라지고 말기 때문입니다.

사실 진정으로 아이들을 위하는 게 어떤 것인지, 또 아이들이 바로 서기를 원한다면, 부모 먼저 바로서야 한다는 것쯤 모르는 부모는 없습니다. 그런데 이상하게도 내 자식 앞에만 서면 더없이 보수적이고 억압적인 부모로 돌변하고 맙니다. 실천하지 않고 이론으로만 알고 있고, 또 불안하기 때문입니다. 입시 위주의 교육과 여전히 일류만을 지향하는 사회에서 살아남으려면, 남들보다 더 많이 공부하고 더 좋은 학교에 들어가야만 안심할 수 있지요. 그러다보니 부모들이 할 수 있는 말은 자나 깨나 오직 공부와 대학뿐입니다.

하지만 부모라면 모름지기 찬찬히 바라보고, 느긋하게 기다릴 줄 아는 자세가 필요합니다. 아이가 어떤 일에 관심이 있고 흥미를 갖는지, 또 좋아하는 일은 무엇이고 잘하는 것은 무엇인지를 넓고 깊은 눈과 마음으로 지켜봐야 하는 것이지요. 부모의 역할은 아이가 스스로 상상력과 창의성을 이끌어낼 수 있도록 돕는 일뿐입니다. 다소 엉뚱하고 밑도 끝도 없는 이야기를 하더라도, 아이의 한 마디 한 마디에 귀 기울이고, 타박하거나 비판하지 않고 끝까지 진지하게 들어주는 일. 아이가 스스로 꿈을 그리고 키워나갈 수 있도록 분위기를 만들어 주는 것입니다.

저는 아이들에게 내 뒤를 이어 의대를 가라고 강요하거나, 어떻게든 일류대에 가야 한다고 등을 떠밀어본 적이 없습니다. 딸아이가 재수를 하고도 후기대에 갔을 때, 오히려 아이에게 "존경한다"고 말했습니다. 물론 원하던 대학에 들어가지 못해 힘들어하는 딸을 보며 가슴이 아프기도 했습니다. 하지만 그토록 열심히 공부하는 모습을 보면서 딸아이가 자신이 할 수 있는 최선의 노력을 다했다고 인정했기 때문입니다. 재수를 하겠다는 것도 후기대에 가겠다는 것도 모두 딸아이의 결정이었습니다. 나는 아이의 진중함을 믿었고, 그때마다 기꺼이 그러라고 했습니다. 다행히 딸아이는 대학에 들어가서도 잘 적응하는 것은 물론 좋은 성적으로 졸업했습니다.

반면에 첫째인 아들은 한 번에 대학에 들어가긴 했는데, 딸에 비해 걱정스러웠던 시기가 좀 있었습니다. 고등학교 3학년 때부터 담배도 피우고, 술도 좀 하는 눈치였습니다. 걱정하는 아내에게 "난 중학교 2학년 때부터 담배도 피워보고, 고등학교 2학년 때는 술도 마셨는걸. 과하지 않은 이상 그냥 제 판단에 맡겨요!"라고 말하고는 조용히 아들을 불렀습니다. 그리고는 "언젠가 네 스스로 안 되겠다는 판단이 서면 그때는 단호하게 끊어라" 하고 일러두었습니다.

또 아들은 놀기를 먼저하고 남는 시간에 공부를 하는 좀 느긋한 타입이었습니다. 보통의 부모라면 잔소리가 빗발쳤을 겁니다. 하지만 크게 걱정하지 않았습니다. 대신 그 아이는 사교성이 뛰어났습니다. 남을 위해 일하는 걸 아주 좋아하고, 유머감각과 센스도 있어서 주변에 항상 사람이 들끓는 것 같았습니다. 그것만으로도 장점은 충분한 것 같아 조급해하지 않고 지켜봤지요. 아들은 사람들이 손꼽는 일류대는 아니어도 무난한 대학에 무난하게 들어갔습니다. 스스로 알아서 담배도 끊었습니다. 사교적으로 필요하니 술은 한두 잔 하겠노라고 너스레를 떨면서 말입니다.

아이들은 한 번 꾸지람에 세 번의 칭찬이 필요하다고 합니다. 칭찬의 효력은 설명이 필요 없지요. 문제는 부모들의 배포입니다. 아직도 점수 몇 점에 웃고 우는 부모라면 그 품에서 수재가 자라날 수는 없습니다. 성적쯤 대수롭지 않게 접어두고, 아낌없이 칭찬을 쏟아낼 줄 아는 배포, 믿고 맡기며 느긋하게 기다릴 줄 아는 배포 말입니다.

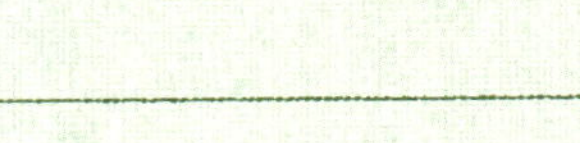

부부싸움 후 말도 하기 싫어질 때

서로 대화가 너무 통하지 않는다. 각자의 입장만 주장하니 싸움이 잦아진다,
가끔은 서로 떨어져 지내보고 싶다.

사랑하는 사람이 미워지는 밤에는

도종환

사랑하는 사람이 미워지는 밤에는 몹시도 괴로웠다.

어깨 위에 별들이 뜨고

그 별이 다 질 때까지 마음이 아팠다

사랑하는 사람이 멀게만 느껴지는 날에는

내가 그에게 처음 했던 말들을 생각했다

내가 그와 끝까지 함께 하리라 마음 먹던 밤
돌아오면서 발걸음마다 심었던 맹세들을 떠올렸다
그날의 내 기도를 들어준 별들과 저녁하늘을 생각했다

사랑하는 사람이 미워지는 밤에는
사랑도 다 모르면서 미움을 더 아는 듯이 쏟아버린
내 마음이 어리석어 괴로웠다.

곁에 있을 때 잘해주세요

"커피가 식었네." 휴일 아침, 신문을 뒤적이던 남편이 무심코 아내에게 한 마디 던집니다. "식기 전에 마시지." 질세라 아내가 말을 받아칩니다. 그러자 남편이 아내 쪽을 흘깃, 쳐다봅니다. 아내가 3루 안타를 날립니다. "냉커피도 마시면서……." 수세에 몰린 남편이 폭발합니다. "아침부터 또 시작이냐?" 아내도 만만치 않습니다. "내 입 갖고 말도 못해?"

신문이 날아가고 커피 잔이 들썩입니다. 평온하고 여유롭게 시작된 휴일 아침이 순식간에 대치 상태로 바뀝니다. 집 안엔 냉기가 가득하고, 아이들은 살얼음판 위를 걷듯 눈치를 보며 각자의 방으로 사라집니다.

그만한 일로 싸울 거까지 뭐 있냐고, 남편이 너무 옹졸한 거 아니냐고 하겠지만, 실제 부부 사이에서 벌어지는 다툼은 이처럼 사소한 경우가 대부분입니다. 심지어 하찮은 싸움이 엄청난 폭력으로 번져 서로에게 지울 수 없는 상처를 남기기도 합니다. 표면적으로 드러난 싸움의 발단이 사소하게 보일 뿐이지, 실상 그간에 쌓여온 서로의 불만이 봇물 터지듯 일순간에 폭발하기 때문입니다. 울고 싶어 죽겠는데, 상대가 때린 뺨 한 대가 촉매제가 된 셈이지요.

살면서 어찌 매일, 매순간이 좋을 수만 있겠습니까. 너무 그렇기만 해도 사실 좀 심심하긴 하지요. 일체 싸움조차 없는 부부보다 아옹다옹하고 티격태격 하며 사는 게 오히려 더 건강한 부부라고 하니 말입니다. 그만큼 관심이 있으니 참견도 하고, 말도 섞고, 그러다 싸우기도 하는 거지요.

문제는 싸움 자체가 아닙니다. 싸움까지 이르게 된 마음상태, 즉 쌓이고 쌓여 폭발할 때까지 담아두고 있는 무언가가 너무 많다는 것입니다. 왜 그렇게 되었을까요?

우리는 부부 사이에 행해지는 많은 것들을 너무도 당연히 여깁니다. "남편이라면 당연히 이 정도까지는 해줘야지." "아내라면 당연히 챙겨줘야 하는 거 아니야?" 하며 상대에게 당연히 요구합니다. 하지만 부부라고 무조건 모든 것을 해줘야 하는 건 아닙니다. 이것은 해준 만큼 받으려는 보상 심리와 주기보다 받는 데 익숙한 이기심 때문입니다. 오히려 서로에게 감사하며 살아야 할 일이라는 걸 잊고 사는 것이지요. 치열한 전쟁터에서 돈을 버는 일이나 새로운 생명을 낳고 키우는 일과 같은 거창한 것들을 들먹이지 않더라도, 우리의 순간순간은 감사한 일들의 연속입니다.

정성껏 한 끼 식사를 차려주는 일, 따뜻한 목욕물을 받아주는 일, 무거운 화분을 옮겨주는 일, 단단한 벽에 못을 박아주는 일, 등이 가려울 때 대신 긁어주는 일, 냄새 나는 쓰레기를 버려주는 일, 반듯하게 다린 옷을 챙겨주는 일 등등 너무 많아서 열거하기도 힘들 정도입니다. 이런 일들을 해줄 때마다 서로에게 진심을 담아 "당신, 고마워"라고 말한다면, 그렇게 싸울 일도, 폭발할 만큼 가슴에 쌓아둘 일도 생기지 않을 겁니다.

실제로 감사하는 마음을 갖는 동안은 심장박동이 규칙적으로 뛰기 때문에 순환기능, 면역기능, 신경시스템이 매우 유연하게 돌아갑니다. 호르몬 균형으로 온몸이 조화를 이루면서 건강에너지가 넘쳐나는 것이지요. 그러면서 뇌혈류가 증가하고 뇌가 활성화됩니다. 특히 면역계와 좌측두엽이 활발해져서 적응력과 협동심, 사고력이나 기억력 등이 향상됩니다. 감사하는 마음 하나만으로도 몸과 정신이 건강해지고 부부 사이는 깨소금으로 넘쳐나니, 이게 행복이 아니고 무엇이겠습니까.

설령 싸울 일이 생겨서 상대의 뒷모습까지 미울 정도로 화가 나고 한동안 좀 안 보고 싶거든, 배우자가 먼저 떠나고 혼자 남겨진 자신을 상상해보십시오. 그렇게 화날 일도 미울 일도 아닐 겁니다. 그 쓸쓸함과 그 그리움을 무엇으로 채울 수 있겠습니까. 그러니 있을 때 잘해주세요. 작은 배려에도 고맙다고 말해주세요. 서로 고마워하고 사랑하며 살아가기에도 짧은 인생입니다.

　행복은 거창한 것이 아니고 참으로 작은 데서 찾아듭니다. 평화로이 자고 있는 아내의 새근거리는 숨소리를 듣는 순간, 지나치며 팔이 스쳤을 때 느끼는 기분처럼 행복의 물결은 큰 파도처럼 다가오는 것이 아닙니다. 보일 듯 말 듯 잔잔한 물결이 발목을 간질이듯 느낄 듯 말 듯한 것이 행복입니다. 어쩌면 우리가 지금까지 싸우고 슬퍼하며 우여곡절을 겪는 것은 이 작은 순간의 행복을 확인하기 위해서인지 모르겠습니다.

행복은 거창한 것이 아니고

참으로 작은 데서 찾아듭니다.

평화로이 자고 있는

아내의 새근거리는 숨소리처럼

행복의 물결은 보일 듯 말 듯

잔잔하게 다가옵니다.

남편 때문에 마음이 울적할 때

남편이 내 생일을 또 잊어버렸다. 남편에게서 사랑한다는 말을 듣고 싶다,
다정한 남편을 둔 친구들이 부럽다.

남편

문정희

아버지도 아니고 오빠도 아닌

아버지와 오빠 사이의 촌수쯤 되는 남자

내게 잠 못 이루는 연애가 생기면

제일 먼저 의논하고 물어보고 싶다가도

아차, 다 되어도 이것만은 안 되지 하고

돌아누워 버리는

세상에서 제일 가깝고 제일 먼 남자

이 무슨 원수인가 싶을 때도 있지만
지구를 다 돌아다녀도
내가 낳은 새끼들을 제일로 사랑하는 남자는
이 남자일 것 같아
다시금 오늘도 저녁을 짓는다
그리고 보니 밥을 나와 함께
가장 많이 먹은 남자
나에게 전쟁을 가장 많이 가르쳐준 남자

문정희 | 〈소월시문학상〉〈정지용문학상〉 등을 수상했다. 동국대 석좌교수, 고려대 문예창작과 교수
를 역임했다. 시집으로《혼자 무너지는 종소리》《사랑의 기쁨》 등이 있다.

가끔은 사랑도 표현해주세요

갈비뼈가 부러져 응급실로 실려 온 주부가 있었습니다. 그런데 이상하게도 환자는 아픔을 호소하기보다 얼굴에 묘한 웃음기를 머금고 있었습니다. 상태가 그 정도면 꽤 아플 법도한데, 하도 이상해서 그 이유를 물었습니다.

환자의 부부는 일 때문에 서로 떨어져 지낸 지가 꽤 오래 되었다고 합니다. 그러던 차에 만난 남편이 너무도 반가운 나머지 자신을 있는 힘껏 부둥켜안는 바람에 그만 갈비뼈가 부러지고 말았다는 겁니다. 그야말로 '갈비뼈가 으스러지도록' 안아주었던 모양입니다. 그 주부에게는 부러진 갈비뼈의 통증보다 남편의 애정공세가 더할 나위 없이 큰 행복으로 다가온 것이지요. 생각만으로도 절로 미소가 지어질 만큼 말입니다.

남편의 강한 포옹이 오랫동안 떨어져 지내면서 생긴 아내의 외로움과 여러 불만들을 일순에 덮어버린 것이지요. 남편들의 작지만 이런 적극적인 표현에 아내들의 얼어붙었던 마음이 봄날의 눈처럼 녹아내립니다. 그 주부에게는 죄송한 말이지만, 참 사랑스럽고 귀엽기까지 했습니다. 작고 서툰 표현 하나에도 진정 행복을 느낄 줄 아니, 어찌 사랑스럽지 않을 수 있겠습니까.

아내들이 바라는 건 가슴에 담고만 있는 하늘땅만큼의 큰 사랑이 아니라, 겉으로 표현하는 작은 애정입니다. 아무리 가슴속에 큰사랑을 담고 있다 한들 표현하지 않으면 그게 다 무슨 소용이겠습니까. 부모 자식 간에도 표현하지 않으면 속마음을 알 수 없는데, 하물며 남남이 만나 결혼하고 살면서 그 사랑을 표현하지 않는다는 건 약속불이행이 아닐까 싶기도 합니다.

"당신 나 사랑해?" 하고 아내가 묻습니다.

"그럼, 사랑하지. 사랑하고 말고" 하는 대답이 돌아오면 좋으련만, 우리네 남편들은 그 짧고 간단한 말 한 마디가 힘들어서 고작 한다는 소리가 대략 이렇습니다.

"야, 그러니까 나가서 힘들게 아등바등 돈도 벌고 하는 거지. 안 그러면 뭐 하러 그 짓을 하겠냐? 혼자 편하게 살지."

참 멋도 없고 폼도 안 나는 대답입니다. 차라리 한 번씩 웃어주는 게 낫겠습니다. 굳이 안 해도 될 말은 길게 잘도 늘어놓으면서, 정작 해야 할 짧은 한 마디를 못해서 아내를 늘 불만스럽게 만드는 게 대한민국의 남편들입니다. 그나마 요즘엔 손을 꼭 잡고 산책하는 노부부들의 모습을 어렵지 않게 볼 수 있지만(보는 것만으로도 참 아름답고 흐뭇한 모습입니다), 이전에는 상상도 못하던 일이지요.

동창 모임에라도 나가면 친구들은 남편 자랑, 자식 자랑에 시간 가는 줄을 모릅니다. 그런데 아무리 남편이 잘나가는 전문직에 거액의 연봉을 벌어다주는 아내도, 왠지 살갑고 다정한 남편을 둔 여자 앞에서는 기가 죽고 맙니다. 아이들이 챙기는 화이트데이다, 크리스마스다 뭐 그런 것까지 챙겨주는 건 바라지도 않습니다. 최소한 '지랑 내랑' 검은 머리가 파뿌리 될 때까지 함께하겠노라고 선언한 결혼기념일이나 생일 정도는 좀 기억해줬으면 하는 아쉬움을 지울 수가 없습니다.

그렇다고 남편들이 아내를 사랑하지 않는 것은 아닙니다. 낯간지럽고 쑥스러워서 못하기도 하고, 또 표현을 자제하는 문화 속에서 자란 탓도 있습니다. 오죽하면 "사랑하는 능력은 예술과 같아서 학습하지 않으면 얻어질 수 없는 능력이다"라는 말까지 있겠습니까.

생일이나 결혼기념일을 잊지 않고 챙겨주는 남편을 원한다면, 며칠 전부터 보란 듯이 달력에 크고 진하게 빨간색 동그라미로 표시를 해두는 겁니다. 남편 휴대전화 일정에 체크를 해두는 방법도 있습니다. 적당히 물꼬를 터주는 것이지요. 옆구리 찔러 절 받는 거 같아서 자존심 상한다고 생각할 수도 있을 겁니다. 반쪽짜리 사랑 같아서 양에 차지 않을 수도 있습니다.

하지만 다 받아들이기 나름입니다. 남편 입장에서는 그런 아내의 행동이 귀엽게 느껴질 수도 있고, 또 그렇게라도 일깨워주면 뒤통수를 긁적이면서도 노력을 하는 게 우리네 남편들입니다. 그러니 주고 싶은 사랑도, 받고 싶은 사랑도 서로 살갑게 표현하면서 살아가세요. 자존심 지키려다, 또 완전한 사랑을 기다리다 세월은 훌쩍 달아나버린다는 사실을 잊지 마세요.

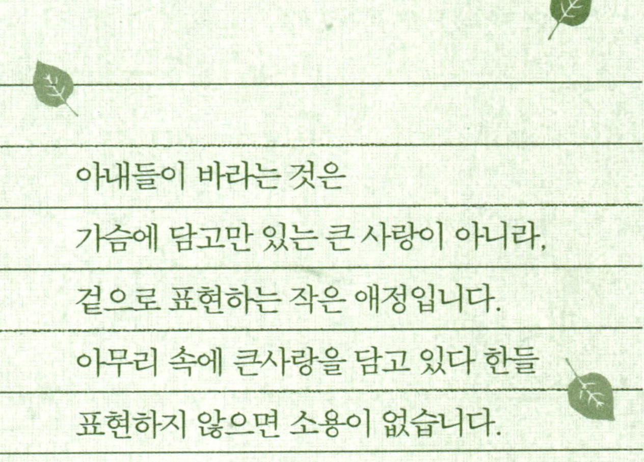

기차표 운동화

안현미

원주시민회관서 은행원에게
시집가던 날 언니는
스무 해 정성스레 가꾸던 뒤란 꽃밭의
다알리아처럼 눈이 부시게 고왔지요

서울로 돈 벌러 간 엄마 대신
초등학교 입학식 날 함께 갔던 언니는
시민회관 창틀에 매달려 눈물을 떨구던 내게
가을 운동회 날 꼭 오마고 약속했지만
단풍이 흐드러지고 청군 백군 깃발이 휘날려도

끝내, 다녀가지 못하고
인편에 보내준 기차표 운동화만
먼지를 뒤집어쓴 채 토닥토닥
집으로 돌아온 가을 운동회 날

언니 따라 시집가버린
뒤란 꽃밭엔
금방 울음을 토할 것 같은
고추들만 빨갛게 익어가고 있었지요

안현미 | 2001년 〈문학동네〉로 작품활동을 시작했다. 활달한 상상력과 탄탄한 언어감각으로 개성 있
는 시 세계를 펼쳐보이는 시를 써왔다.

다섯 손가락이 모여 손이 됩니다

겨울이 찾아오면 유난히 형 생각이 나곤 합니다. 요즘과는 비교할 수 없이 매서웠던 어릴 적의 추위는 참 견디기 힘든 고통이었습니다. 요즘처럼 두꺼운 옷도 난방도 여의치 않았던 시절이니 더욱 그랬지요.

꽁꽁 언 몸으로 집으로 돌아온 어느 날이었습니다. 얼마나 추운 날씨였는지 문짝이 얼어붙어 쉽게 열리지 않을 정도였습니다. 겨우 문을 열고 안으로 들어섰지만, 집 안에는 아무도 없고 냉기만 가득했습니다. 뼛속까지 파고드는 추위와 냉기에 어쩔 줄을 몰라서 주저앉아 엉엉 울고 말았습니다. 한참을 그러고 있자니 형이 돌아왔습니다.

내 꼴을 본 형은 밖으로 뛰어나가더니 화로에 불을 피워 방 안으로 가지고 들어왔습니다. 눈물과 콧물이 뒤범벅된 얼굴로 말입니다. 말이 형이지, 당시 초등학교 3학년이었던 형 역시 아직 어린아이였지요. 형은 내 손을 화로 위로 끌어당겨 녹여주었습니다. 꽁꽁 얼어 발갛게 곱은 형의 손은 내 손보다 더 얼음 같았습니다.

그날 이후로 형한테 대들거나 까불어본 적이 없습니다. 요즘이라고 그런 형이 없지 않겠지만, 내겐 세상에 둘도 없는 형과의 추억입니다. 그래서인지 지금도 찬바람이 불면 엄마품보다 그때 형의 손길이 더 그리워지곤 합니다.

형제란 그런 것이지요. 서로를 위해 밤새 볏단을 나르던 '의좋은 형제' 이야기를 굳이 들지 않더라도 말입니다. 서로 잡아먹을 듯이 싸우다가도 언제 그랬냐는 듯, 또 한 이불 속에서 킬킬거리며 서로 살을 부딪고 살아가는 관계. 부모님께 혼이라도 나거나 몰래 나쁜 짓이라도 할 때는 더없이 끈끈한 동지가 되고, 맛난 음식과 새 옷 앞에서는 경쟁자가 되어 쟁탈전을 벌이기도 합니다.

하지만 그 정도는 유년에 누구나 겪는 아름다운 우애라고 할 수 있지요. 나이가 들면서 서로의 생각과 가는 길이 달라지고 결혼을 하고 각자의 가정을 이루면서 우애에 금이 가기 시작합니다. 이유는 다양합니다. 부모님 부양 문제에서부터 재산 상속 문제, 경제적 또는 학벌 차이 등등이 형제들 사이를 비집고 들어옵니다. '의좋은 형제'는 온데간데없고 '놀부와 흥부' 같은 형제들이 되어버리고 맙니다.

부모를 모시는 데도 형제자매를 돌보는 데도 마음과 정성보다는 돈이 더 큰 힘을 발휘하는 세상입니다. 자식으로서의 기본 도리도 형제간의 우애도 현실적인 타산 앞에서는 설득력을 잃고 맙니다. 모든 가족은 제 밥벌이를 해야 하고, 그렇지 못한 가족을 위해 희생하는 일은 누구도 원치 않습니다.

　게다가 지극히 개인주의적 성향이 짙어진 요즘의 젊은이들은 아무리 형제자매라고 해도 자신을 불편하게 하거나 피곤하게 하면 아예 안 보고 사는 쪽을 택하는 경우가 많습니다. 살면서 가장 큰 스트레스로 작용하는 인간관계를 최소화하려는 풍조가 가족으로까지 확산된 것이지요. 더군다나 불화가 끊이지 않는 가족이라면 더더욱 그렇습니다. 직장에서 발생한 일이라면 그만두면 될 일이지만, 가족은 그럴 수도 없으니 차라리 안 보고 사는 쪽을 택합니다.

　어릴 때 동생과 싸우기라도 하면 어머니는 으레 내게 "갊지 마라" 하고 타이르셨습니다. 표준어가 아니라서 생소한 단어일 겁니다. 해석을 하자면 동생이 생트집을 부리거나 억지를 쓰더라도 형의 도리로 양보하라는 뜻입니다. 개의치 말고 참으라는 말이지요. 그러나 '갊지 않고' 지낸다는 게 결코 쉬운 일은 아닙니다. 참는다는 건 곧 손해를 보는 일이라고 생각하는 요즘 세대들에게는 더더욱 그렇지요. 그래서 아예 상대조차 안 하는 쪽을 택하는 것인지도 모릅니다.

　하지만 '갊지 마라'는 말은 아예 상대조차 하지 말라는 뜻이 아닙니다. 상대하고 같이 놀아주되 동생의 생트집 부분만은 상대하지 말고 포용하라는 뜻이지요. 무조건 상대를 안 하는 건 일종의 회피입니다. 가족은 피한다고 피할 수 있는 관계가 아닙니다. 거기에는 어느 정도의 책임과 의무가 따르는 법이지요. 가족은 곧 나의 시원(始原)이고, 이를 회피하는 건 스스로를 외면하는 것과 다르지 않습니다. 먼저 손

내밀어도 자존심이 상하지 않는 관계는 가족뿐입니다. 그래도 자꾸만 가족이 이웃사촌보다도 못하다고 느껴질 땐, 우리의 손을 떠올려보십시오. 가녀린 각각의 손가락들이 한데 뭉쳐 주먹이 될 때의 힘, 떨어져 있는 것 같지만 결국엔 하나인 손가락들, 그게 바로 가족입니다.

먼저 손 내밀어도
자존심이 상하지 않는 관계는
가족뿐입니다.
우리의 손을 떠올려보십시오.
가녀린 각각의 손가락들이
한데 뭉쳐 주먹이 될 때의 힘,
떨어져 있는 것 같지만 결국엔
하나인 손가락들, 그게 바로 가족입니다.

부모

김소월

낙엽(落葉)이 우수수 떠러질 때,
겨울의 기나긴 밤,

어머님하고 둘이 앉아
옛이야기 들어라.

나는 어쩌면 생겨나와
이 이야기 듣는가

묻지도 말아라, 내일(來日)날에
내가 부모(父母) 되어서 알아보랴.

김소월(1902 - 1934) | 향토성을 짙은 전통적인 서정으로 노래한 시들로 많은 사랑을 받아왔다. 〈금
잔디〉〈엄마야 누나야〉〈산유화〉 등 수많은 명시를 남겼다.

당신도 '부모님'이 됩니다

"내가 너를 어떻게 키웠는데……."

살아가면서 종종 들어본 말입니다. 실제로 부모로부터 이런 말을 별로 듣지 않고 자랐다면 다행이도 별 걱정 끼치지 않고 살아온 자식이라고 할 수 있습니다. 특히 이런 하소연은 세계 어느 나라에서도 듣기 힘든 지극히 한국적인 탄식입니다. 우리 부모들의 자식 사랑과 헌신이 비할 바 없이 크다는 증거겠지요.

우리의 부모님들은 가난도, 못 배운 한도 결코 대물림 해주고 싶지 않은 마음에 젊음도 인생도 모두 내놓았습니다. 자식의 성공이 곧 나의 성공이라고 믿으며 온갖 뒷바라지를 마다하지 않았지요. 그렇게 공부시켜 대학을 보내고 취직도 시키고 결혼도 시킵니다. 그러고도 그들의 고단함은 끝나지 않습니다. 또 자식의 자식까지 키워야 하는 현실이니까요. 맞벌이를 하지 않으면 살아가기가 녹록치 않다는 걸 누구보다 잘 헤아리기 때문입니다. 더 많이 해주지 못해 고생시키는 것만 같아 그저 미안할 뿐이지요.

그런데 그 맞벌이가 정녕 누굴 위한 벌이인지 생각해보셨습니까? 그 중에 부모를 위해 쓰는 돈이 과연 얼마나 될까요? 무리하게 얻은 넓은 평수의 아파트 대출금, 폼 나는 고급자동차의 할부금, 아이들의 사교육비 등등이 대부분일 겁니다.

하지만 부모들의 희생과 헌신을 모르는 자식은 없습니다. 말로는 다 안다고 합니다. 심지어 부모 말만 나와도 목이 멜 정도입니다. 그런데도 막상 그 앞에만 서면 천하에 둘도 없는 불효자처럼 퉁명스럽게 구는 이유는 뭘까요? "모든 영광은 너에게" 하며 왕자처럼, 공주처럼 떠받들어 키워서일까요?

오랜 경험과 인생살이를 바탕으로 충고라도 할라치면 버럭 소리를 지르거나 차디찬 한 마디로 일축하고 돌아섭니다. 쓸데없는 간섭이라고 생각하는 모양입니다. 한 달이면 몇 번씩 가는 영화관 한 번 데려가는 법이 없습니다. "양식 안 좋아하시죠?" 하며 외식도 자기들만 하고, 위험하다며 스키장도 워터파크도 자기들만 갑니다.

그러면서 자신들의 아이에게는 끔찍하기가 이를 데가 없습니다. 잠시 빌려 써도 될 걸 굳이 명품 유모차를 사지 않나, 한 달에 몇 백씩 하는 영어유치원에 보내지를 않나, 경험이 중요하다며 해외 곳곳으로 비싼 연수도 마다하지 않고 보냅니다. 내리사랑은 있어도 치사랑은 없다고 한다지만, 기울어도 지나치게 기우는 사랑법입니다. 좀 서운하다 싶어 한 소리 하면 "전엔 안 그러시더니 나이 드시면서 점점 잔소리가 많아지시네요" 하며 오히려 이상한 사람 취급하기 일쑤입니다.

그래도 부모는 원망하는 법이 없습니다. 오히려 많이 배우지 못한 부모라 말이 안 통해서 그러나, 더 풍족하게 물려주지 못해 속상해서 그러나 하는 생각에 자책할 뿐이지요. 그렇더라도 가슴에는 씻을 수 없는 상처가 생기게 마련입니다. 연로한 부모라면 더더욱 그렇지요. 이제 와 더 무엇을 어떻게 해줄 수도, 그럴 능력도 없으니 말입니다. 그게 부모의 마음입니다.

얼마 전 모친상을 치른 제자 한 명이 찾아왔습니다. 그 마음이 어떨지 충분히 이해가 되어 말없이 어깨를 다독여주었습니다. 생각보다 밝은 모습이라 한편 마음도 놓였습니다. 그런데 갑자기 눈물을 뚝뚝 흘리더니 급기야 소리까지 내며 우는 게 아니겠습니까. 어른이라고, 남자라고 참고 참았던 모양입니다. 간신히 진정을 시키고 차 한 잔을 건넸습니다. "그렇게 우는 걸 보니 어머니 속 많이 썩혀드렸구나" 하며 우스갯소리도 던졌습니다. 그러자 고개를 끄덕이며 겨우 말을 잇더군요. "어머니 잔소리가 너무 그립습니다."

아이를 낳고 그 아이가 자라면 당신도 부모가 되겠지요. 그때의 내 모습이 궁금하다면 지금의 부모님을 바라보세요. 그 모습이 바로 미래의 내 모습입니다.

아이를 낳고 그 아이가 자라면

우리 모두 부모가 됩니다.

그때의 내 모습이 궁금하다면

지금의 부모님을 바라보십시오.

그 모습이 바로 미래의 내 모습입니다.

세상에서 나를 가장 사랑해주셨다. 힘들 때 먼저 떠오르는 얼굴이다.
더 편히 모시지 못해 죄송스럽다.

빈자리

고두현

열네 살 봄
읍내 가는 완행버스
먼저 오른 어머니가 빈자리 막고 나서
더디 타는 날 향해 바삐 손짓할 때

빈자리는 남에게 양보하는 것이라고
아침부터 학교에서 못이 박힌 나는
못 본 척, 못 들은 척
얼굴만 자꾸 화끈거렸는데

마흔 고개
붐비는 지하철
어쩌다 빈자리 날 때마다
이젠 여기 앉으세요 어머니
없는 먼지 털어 가며 몇 번식 권하지만

괜찮다 괜찮다. 아득한 땅속길
천천히 흔들리며 손사래만 연신 치는
그 모습 눈에 밟혀 나도 엉거주춤
끝내 앉지 못하고…

고두현 | 제10회 시와시학 젊은 시인상을 수상했으며, 현재 한국경제신문 문화부장으로 재직 중이다. 시집으로《늦게 온 소포》《물미해안에서 보내는 편지》등이 있다.

왜 지나고 나서 깨닫게 될까요?

빡빡한 나의 하루 일과에 놀란 사람들이 종종 묻곤 합니다.

"아니, 그 많은 일들을 어떻게 다 처리하십니까?"

그럴 때마다 나는 대답 대신 어머니 이야기를, 그것도 아주 신이 나서 꺼내놓습니다.

동생을 업고 발로 불을 때가며 손으로 파를 다듬으시던 어머니. 안마당에서 놀고 있는 우리가 다치기라도 할까 수시로 간섭을 하시면서도 뒷집 아주머니와 담 너머로 이야기를 주고받으시던 어머니. 등에서 우는 아이를 한 손으로 토닥이시며 또 한 손으로는 호미질을 하시고 입으로는 노랫가락을 흥얼거리시던 어머니. 내 어머니이며 이 나라를 살아온 우리 어머니들의 모습입니다.

집 안 살림에 아이들 뒤치다꺼리에 부모님 봉양까지 세계 제일의 멀티플레이어도 그만은 못할 겁니다. 어머니는 당신의 그 부지런하고 긍정적이고 대범하며, 유쾌하기까지 한 성격을 자연스럽게 자식에게 물려주셨습니다. 무엇과도 비교할 수 없는 값진 유산이지요. 값진 게 어디 그뿐이겠습니까.

104세의 연세로 돌아가실 때까지 단 하루, 단 한 시간도 허투루 보내신 적이 없는 부지런한 어머니. 아흔이 넘은 연세에도 미국에 있는 아들이 보고 싶으면 주저 없이 혼자서 다녀오시던 대범한 어머니. 옆집에 이사 온 팔십 세 노인을 보며 "한창때로군!" 하시던 긍정적인 어머니. 3대가 함께 떠난 미국여행에서 우릴 보고 마냥 부러워하며 엄지손가락을 치켜세우던 노부부에게 "땡큐!" 하며 환하게 웃으시던 유쾌한 어머니.

그런 어머니가 돌아가시고 오랫동안 마음을 다잡을 길이 없었습니다. 길을 걷다가 어머니 닮은 뒷모습만 봐도 가슴이 뭉클했지요. 어머니 좋아하시던 음식이 올라온 밥상 앞에서도, 어머니 손잡고 마냥 즐거워하던 여행길에서도 문득문득 찾아오는 그리움에 목이 메고 가슴이 먹먹해지곤 했습니다.

일일이 가시를 발라 밥 위에 얹어주시던 어머니만의 생선 맛도, 소름 끼치도록 시원했던 어머니만의 등목도, 비오는 날이면 부쳐주시던 어머니만의 빈대떡도, 배 아플 때 문질러주시던 어머니만의 손길도 이제 다시 느낄 수 없다는 현실을 받아들이기까지 조금 긴 시간이 걸렸습니다. 3대가 함께 여행하는 걸 보고 마냥 부러워하던 미국 노부부의 마지막 말이 그때서야 실감이 났습니다.

“어머니와 함께 다니는 지금 이 순간 당신들은 세상에서 가장 행복한 사람이라는 사실을 잊지 마세요.”

당시에는 그저 핵부부화가 되어가는 그들에게 ‘자식과 손자까지 함께하는 여행이 부러워서겠지’라고 생각했었지요. 그런데 눈물까지 글썽이던 노부부의 말은 결코 빈 말이 아니었습니다.

왜 우리는 모든 걸 지나고 나서야 깨닫게 되는 걸까요? 바람 없이, 조건 없이 베풀기만 하는 그 사랑. 어머니 살아생전 그 십분의 일, 백분의 일도 되돌려드리지 못하는 우리는 아무리 나이를 먹어도 철들지 않은 자식일 뿐입니다.

어머니 생전에 참으로 애지중지하시던 참기름 병이 있었습니다. 수십 년간 어머니와 함께 부엌 생활을 해온 동지였지요. 어머니 돌아가신 뒤, 부엌 한쪽에 그 병을 세워놓고 종종 들여다보았습니다. 그 병을 볼 때마다 금방이라도 어머니가 “참기름 두어 방울 넣고 맛나게 밥 비벼주련?” 하시며 나타나실 것만 같았습니다. 그러던 어느 날 그 병이 보이지 않았습니다. 적이 당황하여 아내에게 큰소리로 물었습니다. 청소를 하다 그만 깨뜨리고 말았다며 아내가 기어들어가는 목소리로 말하더군요. 그 순간의 서운함이란……. 아내에게 온갖 편잔을 쏟아 부었습니다.

이제 와 생각하니 그건 아내가 아니라 내 자신에게 퍼부은 후회와 그리움과 안타까움이 뒤범벅된 회한의 편잔이었습니다. 세월은 마냥 기다려주지 않는다는 걸 그때야 알았습니다.

"어머니와 함께 다니는 지금 이 순간,

당신들이 세상에서 가장 행복한 사람이라는

사실을 잊지 마세요."

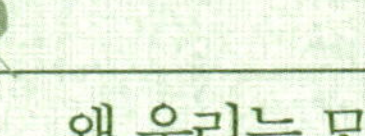

왜 우리는 모든 걸 지나고 나서야

깨닫게 되는 걸까요?

바람 없이, 조건 없이 베풀기만 하는 그 사랑.

어머니 살아생전 그 십분의 일, 백분의 일도

되돌려드리지 못하는 우리는

아무리 나이를 먹어도

철들지 않은 자식일 뿐입니다.

아버지의 고단함을 뒤늦게 깨달았을 때

아버지의 마음

김현승

바쁜 사람들도
굳센 사람들도
바람과 같던 사람들도
집에 돌아오면 아버지가 된다.

어린것들을 위하여
난로에 불을 피우고
그네에 작은 못을 박는 아버지가 된다.

저녁 바람에 문을 닫고
낙엽을 줍는 아버지가 된다.

세상이 시끄러우면

줄에 앉은 참새의 마음으로

아버지는 어린것들의 앞날을 생각한다.

어린것들은 아버지의 나라다 아버지의 동포(同胞)다.

아버지의 눈에는 눈물이 보이지 않으나

아버지가 마시는 술에는 항상

보이지 않는 눈물이 절반이다.

아버지는 가장 외로운 사람이다.

아버지는 비록 영웅(英雄)이 될 수도 있지만…….

폭탄을 만드는 사람도

감옥을 지키던 사람도

술가게의 문을 닫는 사람도

집에 돌아오면 아버지가 된다.

아버지의 때는 항상 씻김을 받는다.

어린것들이 간직한 그 깨끗한 피로…….

김현승(1913 ~ 1975) | 조선대, 숭전대 교수, 한국문인협회 부이사장을 역임했다. 감각적 언어로 생의 예지를 추구한 시를 많이 썼다. 대표 시로 〈눈물〉 〈가을의 기도〉 등이 있다.

누가 그 마음을 헤아려줄까요?

무섭고 큰 존재로만 여겨졌던 아버지, 그 아버지의 뒷모습이 문득 작고 쓸쓸해 보이는 순간이 있습니다. 결혼을 하고 아이를 낳고 아버지로 살아가기 시작하면서 아버지의 등은 더없이 쓸쓸하고 초라하게 느껴집니다. 아버지의 작은 기침 소리에도, 조용한 발자국 소리에도, 돌아눕는 한숨소리에도 가장의 무게가 바위처럼 얹혀 있었다는 걸, 그래서 아버지가 기울이는 술잔에는 눈물이 반이었다는 걸 비로소 조금 깨닫기 때문입니다.

어머니와 달리 아버지와 자식 사이엔 대화가 별로 많지 않습니다. 요즘 세대의 '아빠'들은 조금 다른 것 같지만, 이전 세대의 아버지들은 대부분이 그랬지요. 형제끼리 싸우지는 않는지, 학교에서 공부는 잘하고 있는지 등의 의례적인 질문도 하지 않으셨습니다. 당연히 훈계나 잔소리도 거의 없으셨지요.

대체 아버지는 우리에게 관심이 있기는 한 걸까? 의심이 들 때도 있었습니다. 풍족하게 해주지도 못하면서 왜 그렇게 바쁘게 밖으로만 도시는지 이해하지 못할 때도 많았습니다. 술내라도 풍기고 들어오시는 날엔 꼬투리 잡혀 혼이라도 날까 숨기 바빴습니다. 술 드실 돈 있으면 떨어진 운동화나 사주실 일이지…… 원망도 했습니다.

그러나 아버지의 한결같은 행색과 그 넓은 등에서 풍겨나던 파스 냄새, 밤마다 들려오던 기침소리, 하늘을 올려다보며 내쉬는 긴 한숨소리가 천 마디 말보다 더 큰 가르침이며, 애정이었다는 것을 가장이 되고서야 조금은 알게 됩니다.

저 또한 지금껏 살아오면서 책도 많이 읽고 좋은 스승도 만났습니다. 하지만 아버지의 초라하고 야윈 한숨만큼 교훈적인 것이 내겐 없었습니다. 대단한 교훈이나 훈계는 아니었지만 아버지의 초라한 행색, 여윈 몸, 깊은 한숨 속에서 깊은 인생의 무게를 느낄 수 있었습니다.

이제 막 중학교에 들어간 아이가 있었습니다. 아버지의 가판대를 모두 때려 부수며 길길이 대들었다고 합니다. 노점상을 하는 아버지가 부끄럽고 창피하다는 이유였습니다. 큰 소란에 경찰까지 쫓아온 모양입니다. 감히 아버지한테 대들다니, 하고 나무랄 수만은 없었습니다. 매일매일 지독한 가난과 싸워야만 하는 아버지, 그리고 번번이 그 지독한 가난에 굴복하고 마는 아버지가 누군들 자랑스럽기만 하겠습니까. 회장님 아버지, 사장님 아버지, 부장님 아버지를 둔 친구들이 부럽기도 했겠지요. 어른들이 만들어놓은 물질만능주의의 세상 속에서 보란 듯이 아버지 자가용을 타고 등교하는 아이들 앞에 리어카를 끄는 내 아버지의 행색이 부끄럽기도 했을 겁니다.

그러나 더 화나고 속이 상한 건, 자신을 부끄러워하는 자식 앞에 큰소리 한번 치지 못한 초라하고 힘없는 아버지의 모습이었을 겁니다. 별일 아니라며 황급히 경찰들을 돌려보내고는 묵묵히 어질러진 물건들을 치우는 아버지의 뒷모습을 보며 어린 자식은 무슨 생각을 했을까요. 단단히 굳은살이 박인 거친 손으로 등짝이라도 한 대 후려 쳤더라면 덜 속이 상했을 거라고, 어디서 이런 못 배운 짓을 하느냐 고 호령이라도 쳤다면 덜 화가 났을 거라고 생각했을까요.

힘들어도 힘들다는 내색 한번 하지 않고, 아파도 아프다는 말 한번 하지 않는 아버지. 이 땅에서 가장으로 살아간다는 건 얼마나 무겁고 힘겹고 외로운 일인지요. 가장은 언제나 크고 든든한 기둥이며 울타 리로 있어야 하니까요. 세상이 아무리 험난한 가시밭길이라도 묵묵히 그 길을 헤쳐 나가야 하니까요.

자신을 위해 옷 한 벌, 신발 한 켤레 사 신을 줄도 모르면서 자식에 게 더 많이 해주지 못해 늘 미안해하는 이 땅의 아버지들, 자녀와 아 내를 외국으로 보내놓고 유학비와 생활비를 버느라 오늘도 과중한 업무와 외로움으로 힘들어하는 이땅의 아버지들, 자식 등록금 걱정 에 대리운전도 이삿짐 운반도 마다하지 않는 이 땅의 아버지들. 그들 의 묵묵한 희생이 있어서 우리가 지금 이렇게 살고 있습니다.

지금껏 살아오면서

책도 많이 읽고

좋은 스승도 만났습니다.

하지만 아버지의 초라하고

깊은 한숨만큼 교훈적인 것이

나에겐 없었습니다.

회사일이 밥벌이로밖에 느껴지지 않을 때
싫어하는 사람과 함께 일해야 할 때
주말에도 일을 하지 않으면 불안할 때
중요한 선택의 순간마다 머뭇거릴 때
성공이란 말이 막연하게 느껴질 때
회사에서 점점 밀려난다고 느낄 때
갑자기 실직 통고를 받았을 때
힘들게 일해도 그 끝이 보이지 않을 때
앞만 보고 달려왔다는 허탈감이 밀려올 때

네엣

직장생활

출근길부터 스트레스가 쌓인다, 새로운 아이디어가 잘 떠오르지 않는다,
꼬박꼬박 나오는 월급이 유일한 즐거움이다.

밥그릇

정호승

개가 밥을 다 먹고

빈 밥그릇의 밑바닥을 핥고 또 핥는다

좀처럼 멈추지 않는다

몇 번 핥다가 그만둘까 싶었으나

혓바닥으로 씩씩하게 조금도 지치지 않고

수백 번은 더 핥는다

나는 언제 저토록 열심히

내 밥그릇을 핥아보았나

밥그릇의 밑바닥까지 먹어보았나

개는 내가 먹다 남긴 밥을

언제나 싫어하는 기색 없이 다 먹었으나

나는 언제 개가 먹다 남긴 밥을

맛있게 먹어보았나

개가 핥던 밥그릇을 나도 핥는다

그릇에도 맛이 있다

햇살과 바람이 깊게 스민

그릇의 밑바닥이 가장 맛있다

정호승 | 부드럽고 따뜻한 시로 많은 사랑을 받아왔다. 소월시문학상, 동서문학상, 정지용문학상 등을 수상했다. 시집으로 《슬픔이 기쁨에게》 《새벽편지》 등이 있다.

열정의 밥그릇은 가득한가요?

며칠간의 휴가가 끝나갑니다. 내일이면 또다시 출근을 해야겠지요. 이대로 시간이 멈춰버렸으면 하는 철없는 생각도 듭니다. 왜 이렇게 마음이 불편한 걸까요? 또다시 반복되는 일상으로 돌아가야만 하는 현실, 그것만으로도 스트레스 지수는 최고치에 달합니다.

회사를 들어가기 위해 오랜 나날 무던히도 애쓰던 기억이 채 사라지지 않았는데, 이게 웬일입니까. 일만 시켜주면, 자리 하나만 내주면 뭐든 다 할 것 같던 그 시절에는 상상할 수도 없던 일입니다. 그렇게 하고 싶었던 일, 그렇게 바라던 직장에 들어갔는데 출근이 싫어지다니요. 더군다나 평소 자신이 좋아하고 즐기던 취미가 직업이 되었는데도 말입니다.

그런데 그거 아십니까? 기꺼이 즐기던 취미도 직업이 되는 순간 일이 되고 만다는 사실 말입니다. 거기에는 어느 사이 경쟁과 눈치와 압

박으로 버무려진 '밥벌이'라는 목적이 자리 잡기 때문입니다. 좋아하는 일을 즐김으로써 자연스레 부와 명예가 따라야 하는데, 반대로 부와 명예를 얻기 위해 일을 하다보니, 아무리 좋아하는 일도 이내 고역스런 밥벌이가 되고 맙니다.

버나드 쇼 역시 "세상에서 가장 어리석은 자는 자기의 직업을 의무로 생각하는 사람"이라고 말합니다. 누군들 신나게 일하고 싶지 않겠습니까. 하지만 현실은 매섭고도 매몰찹니다. 가정을 이루고 부양해야 할 가족이 늘어나면 상황은 또 달라집니다. 책임감이라는 무거운 짐이 온 세상을 뒤덮습니다.

참신한 아이디어가 샘솟거나 의욕이 넘쳤을 때만 일할 수 있는 자유, 쫓기지 않고 눈치 보지 않고 쉬엄쉬엄 일할 수 있는 자유가 주어진다면 참으로 좋으련만, 직장은 그럴 수 있는 곳이 아니지요. 회사는 늘 생산적으로 사고하고, 끊임없이 새로운 것을 보여주기를 요구합니다. 밥그릇이 커져갈수록 그 요구의 강도는 더욱 강해집니다. 순간순간 '내가 지금 여기서 뭘 하고 있는 거지? 이러려고 그렇게 고생해서 이곳에 들어온 건가?' 하는 회의가 밀려옵니다.

한 번 그런 생각에 사로잡히면 우리의 사고는 더욱 경직되고 능률은 바닥으로 떨어집니다. 사방으로 촉을 세우고 있는 회사는 그런 나를 무능한 사람으로 몰아갑니다. 나는 더더욱 위축되어 설 자리를 잃어갑니다. 그만둬버릴까도 싶습니다. 보란 듯이 박차고 나가 폼 나게 독립이라도 하고 싶습니다.

그러나 생각의 끝자락에 떠오르는 가족들의 얼굴을 외면할 수 없습니다. 매달 어기지 않고 날아드는 카드대금명세서, 아직 남은 자동차 할부금, 각종 보험료……. 이번에도 참고 버틸 수밖에요. 이런 날들이 반복되면, 알아주지도 않는 가족들을 위해 나 혼자 '거룩한 희생'을 하고 있는 건 아닌가 하는 회의마저 듭니다. 그리고 그 회의는 마음의 상처를 남깁니다. 아, 악순환의 반복입니다. 안타깝게도 이 악순환의 고리를 끊을 수 있는 건 오직 자신뿐입니다.

뜨거운 여름 한낮, 아이들이 바닷가 백사장에 삼삼오오 모여앉아 모래성을 쌓고 있습니다. 작열하는 태양도 아이들의 열정을 따를 수 없습니다. 뭐가 그리도 즐거운지, 깔깔대는 아이들의 웃음소리가 갈매기의 날개를 타고 멀리멀리 흘러갑니다. 그러다 한순간 큰 파도가 밀려와 모래성을 휩쓸어갑니다. "우와!" 아이들이 일제히 함성을 쏟아냅니다. 아이들에겐 그마저도 모래성 쌓기의 즐거움입니다.

아이들의 놀이에는 순수한 열정만이 가득합니다. 거기에는 경쟁도, 칭찬을 받기 위한 눈치도, 망치면 어쩌나 하는 불안감도 없습니다. 진지하면서도 즐거움에 가득 찬 그 열정, 누가 시킨다고 해서 할 수 있는 일이 아닙니다.

강요도 없이, 경쟁도 없이 스스로의 의지로 열심히 밥그릇을 핥고 또 핥는 개의 열정처럼 당신도 그런 열정 한 번 품어보았는지요? 그래서 햇살과 바람이 스민 그릇 밑바닥의 그 깊은 맛을 깨닫게 되는, 그런 순간을 살아보았는지요?

휴가는 끝났고 이제 다시 일상으로 돌아갈 때입니다. 걱정하지 마십시오. 마음 불편해하지도 마시구요. 그곳에는 또 다른 즐거움이 당신을 기다리고 있습니다. 그 즐거움으로 열정의 밥그릇을 가득 채워보십시오.

이제 겨울이 되면 아이들은 또 곧 녹아버릴 눈사람을 만드느라 정신이 없을 겁니다. 그 순수한 열정이 벌써부터 기다려집니다. 그건 지켜보는 이에게도 커다란 기쁨입니다.

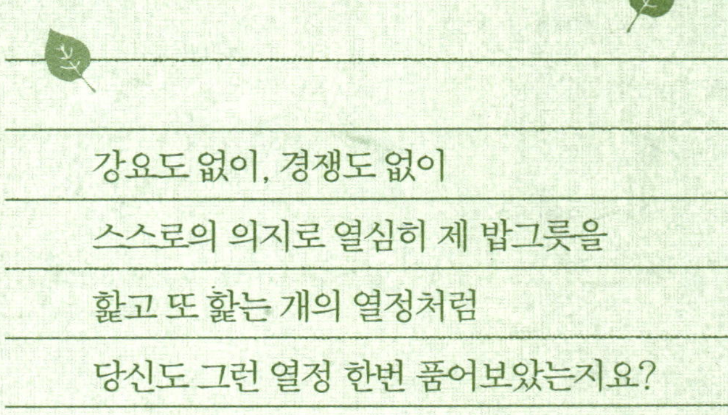

싫어하는 사람과 함께 일해야 할 때

상사의 업무방식이 나와 너무 다르다, 팀워크보다는 단독업무가 더 편하다,
사람과의 갈등으로 부서이동이 잦은 편이다.

벼

이성부

벼는 서로 어우러져
기대고 산다.
햇살 따가와질수록
깊이 익어 스스로를 아끼고
이웃들에게 저를 맡긴다.

서로가 서로의 몸을 묶어
더 튼튼해진 백성들을 보아라.
죄도 없이 죄지어서 더욱 불타는
마음들을 보아라. 벼가 춤출 때,
벼는 소리 없이 떠나간다.

벼는 가을 하늘에도

서러운 눈 씻어 맑게 다스릴 줄 알고

바람 한 점에도

제 몸의 노여움을 덮는다.

저의 가슴도 더운 줄을 안다.

벼가 떠나가며 바치는

이 넓디넓은 사랑,

쓰러지고 쓰러지고 다시 일어서서 드리는

이 피 묻은 그리움,

이 넉넉한 힘……

이성부 | 〈뿌리깊은나무〉 편집주간을 지냈으며 현대문학상, 한국문학작가상, 대산문학상 등을 수상했다. 시집으로 《우리들의 양식》 《작은 산이 큰 산을 가린다》 등이 있다.

서로 부대끼며 살아가지요

30대 초반의 한 젊은 친구를 알고 있습니다. 눈발이 흩날리던 어느 날 저녁, 몹시 지친 모습으로 그가 찾아왔습니다.

"다른 직장을 찾아봐야 하는 게 아닐까…… 요즘 매일 그런 생각을 합니다."

삶의 윤기를 잃은 퍼석한 얼굴로 그는 회사를 출근하는 일이 죽기보다 싫은 기분을 아느냐고 묻더군요. 그런 생각을 하기까지는 여러 문제들이 뒤섞여 있을 것 같았습니다.

그런데 그가 쏟아내는 이러저런 푸념들 속에 빠지지 않고 등장하는 인물이 있었습니다. 바로 그가 일하는 부서의 직속 상관이었습니다. 일적인 부분뿐만 아니라 지극히 사적인 문제에서도 사사건건 못마땅한 심기를 드러내는 상사로 인해 소화불량에 불면증까지 생겼다며 그는 불만을 토로했습니다.

대부분 아랫사람이 더 많이 참고 견뎌야 하는 것이 직장생활인지라 자신도 상사의 비위를 맞춰보려고 온갖 노력을 해봤다고 합니다. 하지만 오히려 갈등은 더 깊어갔고, 그러다보니 함께 하는 프로젝트가 성공적일 수 없었겠지요. 상사는 모든 탓을 그에게 떠안겼고, 그는 순식간에 더없이 무능하고 무책임한 사람으로 전락했습니다. 예전에는 일이 마냥 신나고 즐거워서 자긍심마저 들었는데, 상사와의 갈등으로 이젠 그 일을 지속해야 하는지, 자신이 정말 무능한 건 아닌지 하는 의구심마저 든다고 했습니다.

"알아서 회사를 그만두라는 뜻으로 받아들여야 하는 거겠죠?"

눈보라 속에 홀로 버려진 아이처럼 절망과 불안이 뒤섞인 눈빛으로 그는 자리에서 일어섰습니다. 거세진 눈발이 그의 뒷모습을 더욱 춥게 만드는 냉혹한 저녁이었습니다.

딱히 그럴 만한 계기나 사건도 없었는데 이유 없이 늘 부딪치고 어긋나는 사람들이 있습니다. 코드가 안 맞아도 지나치게 안 맞는 사람들, 그래서 서로 자신을 골탕먹이려고 일부러 그러는 건 아닌가 하는 오해를 불러오기도 합니다. 삶의 기준도 일하는 방식도, 하다못해 음식이나 술자리 문화마저 뭐 하나 맞는 부분이 없다보니 둘 사이에 쌓이는 건 불평과 오해뿐입니다.

부서의 팀장으로 일하는 40대의 한 친구가 있습니다. 최근 들어 회사일이 두 배로 힘들어졌다며 고통을 호소한 적이 있습니다. 새롭게 자신의 팀으로 합류한 한 직원이 그 원인 제공자라더군요. 일을 제대로 해내지 못하면 열심히 배우려는 노력이라도 해야 하는데, 일하는 도중에 '칼 퇴근'은 물론, 팀 내 다른 직원이 발을 동동 구르며 이른바 '빵빵이'를 쳐도 나 몰라라 하기 일쑤이며, 이메일 하나도 제대로 처리하지 못할 정도로 불성실하다는 겁니다. 그러다보니 팀 내 누군가가 그의 업무를 일일이 확인하고 처리해야 하는 상황이 빈번하게 발생하고, 그 몫이 고스란히 자신의 것이 되고 말았다고 합니다. 그런 태도로 일관하면서 어떻게 월급을 받는지 뻔뻔하게 느껴질 정도라며 그는 목소리를 높였습니다.

그런데 그가 더 화가 나는 건, 아랫사람이 제 역할을 잘 해내도록 지도하는 것 또한 상사의 능력으로 여기는 직장생활에서 마치 자신의 무능함을 모두에게 드러낸 것 같다는 것입니다.

이런 문제를 안고 있는 사람이 어디 이 두 사람뿐이겠습니까. 일을 하면서 크든 작든 누구나 겪게 되지요. 특히 외아들, 외동딸로 자란 세대들이 많아진 오늘날엔 더더욱 그렇지요. 형제가 대여섯씩 되던 시절, 그래서 내 것과 네 것의 경계가 없던 그 시절에는 이런 문제가 크게 두드러지지 않았습니다.

이런 일을 겪을 때마다 우리는 종종 어디에 매이지 않고, 부딪히는 일도 없이 혼자 일하는 프리랜서를 부러워합니다. 하지만 그들이라고 세상을 혼자 살아가는 것은 아닙니다. 사실 혼자서 할 수 있는 일도 그리 많지 않습니다. 우리는 모두 유기적으로 얽히고설켜 살아갑니다. 서로 어우러져 기대어 사는 벼들처럼 함께 부대끼며 살아가는 게 바로 인간입니다.

누군가와 함께 일하는 게 고역이면 직장을 그만두면 되고, 친구가 맘에 안 들면 안 보면 되는 거 아니냐고 무 자르듯 말할 수도 있습니다. 그러나 직면한 상황을 회피하는 것은 결코 용기 있는 행동도 아닙니다.

함께 어울려 살아가는 법을 터득하지 못하고, 번번이 피하기만 한다면 사회의 일원으로서 살아갈 자격이 없습니다. 그러니 피하기보다는 차라리 측은지심(惻隱之心)을 가져보십시오. 그리고 나를 긴장시키는 상대에게 오히려 감사의 마음을 갖는 겁니다. '이 사람도 힘들 거야' 하며 안쓰럽게 여기고, 사소한 일에도 감사하는 마음이면 세상에 이해하지 못할 사람도 없습니다.

하나하나의 실낱같은 물줄기가 흘러 모여 샘을 이루고, 그 물줄기들이 뒤섞여 강으로 향하고, 그 강물이 큰 바다에 가 닿을 때, 보잘것없던 물줄기에 특별한 의미가 생깁니다. 우리도 그렇습니다. 가을 들판의 벼들처럼 서로 부대끼며 살아가야 행복합니다.

주말에도 일을 하지 않으면 불안할 때

서두르지도 말고 쉬지도 말라

괴테

서두르지도 말고 쉬지도 말라

이 말씀을 가슴에 깊이 지니고

비바람 속에서도 꽃 피는 길에서도

한결같이 한 생을 살기를

서두르지 말라

이 한 말씀을 마음을 바로잡는

고삐로 삼아

깊은 사려 올바른 판단

한번만 결심이 끝난 다음엔

온 힘을 기울려 앞으로 나가보기를

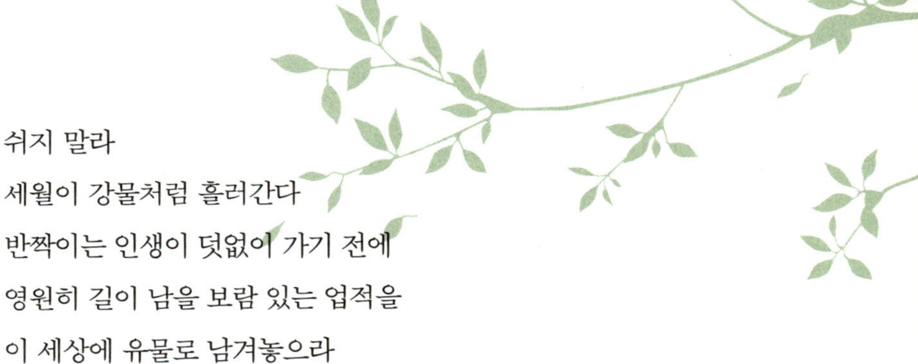

쉬지 말라

세월이 강물처럼 흘러간다

반짝이는 인생이 덧없어 가기 전에

영원히 길이 남을 보람 있는 업적을

이 세상에 유물로 남겨놓으라

서두르지도 말고 쉬지도 말라

운명이 폭풍우에 꾸준히 견디면서

나침처럼 한결같이 의무에만 살고

무엇에도 굽히지 않고 정의에만 살아라

인고의 모든 날이 지나간 훗날에는

역사 위에 찬란히

그대의 면류관이 빛나리라.

괴테(1749 - 1832) | 독일의 시인 · 정치가 · 과학자. 독일 고전주의 문학의 대표로서 세계적인 문학
가이며 자연연구가이다. 저서로 《파우스트》 《젊은 베르테르의 슬픔》 등이 있다.

멈춤도 전진입니다

넉넉한 주말 저녁입니다. 산책을 해도 좋고, 오랜 만에 **TV**를 보며 웃어도 좋고, 가족들과 둘러앉아 푸짐하게 음식을 나누어도 좋을 시간입니다. 그런데 순간, 갑작스레 불안감이 찾아듭니다. 딱 꼬집어 뭐라고 말할 수 없는 그 불안감. 한 달 내내 노느라고 숙제를 하나도 해놓지 않은 여름방학 마지막 날의 그 불안한 기억과도 같은 느낌이 온몸을 휘감아옵니다.

일을 하고 있지 않으면 어김없이 찾아오는 불안증. 오늘날을 살아가는 대부분의 사람들이 앓고 있는 강박증입니다. 오랜만에 만난 친구들과 마주앉아 수다를 떨어도 마음이 편치 않습니다. 모처럼 아내와 영화를 보려고 극장에 가 앉아 있어도 미처 처리하지 못한 일들은 없는지, 내일 미팅에서 어떻게 대화를 이끌어야 할지, 온통 머릿속에는 일 생각뿐입니다. 아이들과 함께 간 놀이동산에서도, 부모님 생신을 축하하기 위한 저녁식사 자리에서도 일에 대한 생각은 떠나지 않습니다. 이런 사람들에게 일하지 않고 지내는 시간에 의미를 찾기란 참 어려운 일입니다.

가끔 드라마를 보면 극중 아내가 일에 매달려 사는 남편을 자랑이라도 하듯 이렇게 말합니다.

"저 사람은 일하는 걸 너무 좋아해요."

그런데 그는 정말로 일밖에 모르는 유능한 남편일까요? 혹시 치열한 경쟁사회에서 살아남으려는 처절한 몸부림은 아닐까요? 경쟁을 부추기는 세상은 승자만을 기억할 뿐입니다. 그 세상을 살아가는 대부분의 사람들은 승리를 쟁취하기 위해 잠시도 쉬지 않고 위를 향해 기어오릅니다. 잠재의식 속에 뿌리박힌 이런 경쟁 강박증이 우리의 신경을 바가지 긁듯 달달 볶아댑니다.

이처럼 경쟁심이 발동하면 공격 중추가 자극되어 어느 한순간도 마음 편히 지낼 수가 없습니다. 작고 사소한 일에도 자주 핏대를 올립니다. 교감신경의 과잉 흥분이 지속되는 것이지요. 눈은 벌겋게 충혈되고 혈압도 오르고 호흡마저 거칠어집니다. 잠시도 긴장을 늦추면 도태되어 버릴지도 모른다는 불안감에 눈에 불을 켜고 자신의 영역을 지키려고 합니다. 혹시 그 불안감에 오늘도 일에 매달려 있는 것은 아닌가요? 일의 재미와 의미를 찾기보다는 그저 습관적으로 일에 빠져 있는 것은 아닌지 모르겠습니다.

그러나 진정한 전진은 적절한 멈춤에서 나옵니다. 골프를 해본 사람이면 이 말에 공감할 것입니다. 스윙의 정상에선 잠시 멈추어야 좋은 샷이 나옵니다. 심호흡을 할 때의 호기와 흡기 사이에도 얼마간의 멈춤이 있을 때 힘이 생깁니다.

퇴근 시간이 있는 건 다음날의 새로운 시작을 위해 하루 종일 일하느라 지친 몸과 마음을 쉬라는 의미입니다. 휴일 역시 일주일 동안 숨 가쁘게 달려온 노고에 대한 선물입니다. 건강한 육체에 건강한 정신이 깃들듯이, 때때로 멈춰 서서 잠시 쉬어갈 때 더욱 창조적인 열정이 우리의 정신에 흘러듭니다. 쉬지 않고 무조건 내달리기만 하는 열정은 우리의 몸과 마음을 지치게 할 뿐입니다.

모두가 퇴근한 사무실에 남아 야근을 일삼고, 집에까지 서류를 끌고 와서 주말에도 일을 해야만 직성이 풀리는 사람들. 그들은 "참 열심히 일하는 사람이야. 오로지 일밖에 모르는군. 대단해!"라고 말하는 주변 사람들의 칭찬을 먹고 사는 사람들인지도 모릅니다. 끊임없이 타인으로부터 자신의 능력을 인정받고 싶은 마음에서 비롯된 일 중독 증세인 셈이지요. 이런 사람들일수록 사람들의 관심 밖으로 밀려나면, 그동안 세차게 내달리던 그 강한 에너지가 방향을 잃고 맙니다. '아무도 알아주지 않는데 일은 해서 뭐해' 하는 생각 때문에 너무 쉽게 무기력해지는 것이지요. 그러니 쫓기듯 서둘러 내달릴수록 작은 변화에도 중심을 잃고, 쓰러질 가능성은 커질 수밖에 없습니다.

이럴 때는 잠시 멈추었다가 다시 시작하십시오. 물론 이때의 멈춤은 전진을 위한 또 다른 걸음입니다. 잠시의 멈춤이 우리에게 힘을 만

들어줍니다. 거친 비바람과 폭풍우에도 견디며 한결같은 마음으로 매
진하게 합니다. 그것은 달리는 것보다 더 필요한 일상의 힘입니다. 그
러니 불안해하지 마십시오. 더 오래 더 멀리 가려면, 잠시 쉬었다가 출
발해도 괜찮습니다.

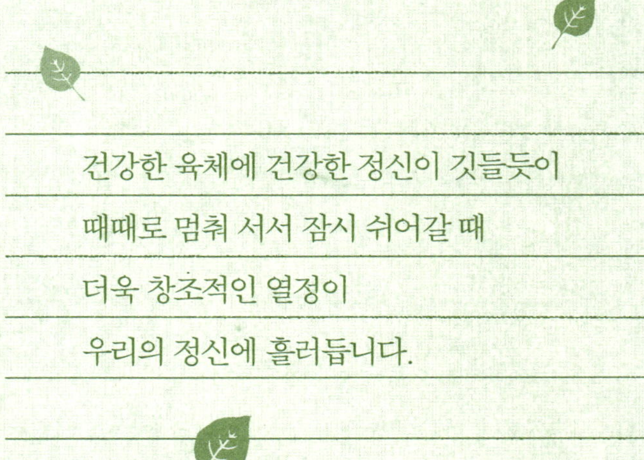

작은 일조차 선택하는 것이 부담스럽다. 어떤 일이든 과정보다 결과에 집착한다,
새로움보다 안정을 우선하게 된다.

가지 못한 길

로버트 프로스트

단풍 물든 숲속에 두 갈래 길이 나 있었다.

몸이 하나니 두 길을 모두 다 가볼 수는 없어

나는 아쉬운 마음으로 오래도록 서서

잣나무 숲속으로 접어든 한쪽 길이

굽어져 안 보이는 곳까지 바라다보고 있었다.

그리고는 하나의 길을 택하였다.

그 길은 먼저 길과 똑같이 아름답고

풀이 우거져 사람을 부르는 듯했다

사람들이 밟고 지나간 흔적은

먼저 길보다 좀 덜하기는 했지만······

그날 아침 두 길은 모두

아무런 발자국도 찍히지 않은 채

서리 맞은 낙엽에 덮여 깨끗하게 놓여 있었다.

먼저 길은 다른 날 걸어가 보리라 생각했지만

허나, 길은 길로 뻗어 나가는 것이고

다시 돌아올 가망은 없었던 것이다.

오랜 세월이 흐른 뒤

나는 어디선가 한숨 쉬며 말하리라

두 갈래 길이 숲속에 나 있어

나는 사람들이 덜 다닌 길을 택했는데

결국 그것이 나의 운명을 바꾸어 놓았다라고……

로버트 프로스트(1874~1963) | 미국의 시인. 농장의 경험을 살려 소박한 농민과 자연을 노래하여 현대 미국시인 중 가장 순수한 고전적 시인으로 꼽힌다.

갈팡질팡하다 끝나버립니다

"결단은 빠르게, 변경은 천천히!"

성공한 사람들 100인의 행동의식을 조사 분석한 결과, 그들에게서 발견된 공통점이라고 합니다. 반면 실패한 사람들은 이와 반대되는 행동을 하는 공통점을 지니고 있습니다.

인생을 살아가면서 우리는 숱한 판단과 결정의 순간 앞에 놓입니다. 결단의 연속이라고 해도 과언이 아닐 겁니다. 그래서 크건 작건 결단을 내리는 일은 무엇에도 비할 수 없는 엄청난 스트레스를 동반합니다. 정도가 심해서 매사 갈팡질팡하며 어쩔 줄을 몰라 하는 사람을 보고 우리는 참 우유부단하다고 말합니다. 안타깝게도 여성들이 꺼려하는 남성상 중 하나가 바로 우유부단한 남자라고 합니다. 결단력을 그만큼 높이 평가한다는 뜻이겠지요.

사실 고백하자면 저 역시 꽤나 우유부단했던 시절이 있었습니다.

지금도 결단력이 뛰어난 편은 아니지만 그땐 정말 형편없었지요. 스스로를 바보 같다고 느끼기까지 했으니까요. 어물어물 적당히 넘어가거나, 어떻게든 되겠지 하는 막연한 기대를 품기 일쑤였습니다.

미국 유학을 결심하기까지 이 심각한 우유부단 증세는 예외 없이 발동했습니다. 유학을 가려면 미국 의사시험을 봐야 하는데, 바로 그게 문제였던 겁니다. 졸업한 지 한참이나 지난 뒤여서 도저히 시험이라는 장벽을 뛰어넘을 엄두가 나지 않았습니다. 그러면서도 마음 한편으로는 유학을 포기할 수 없었습니다. 포기도 안 되고, 그렇다고 공부도 안 되고, 제대 날짜는 다가오고…… 그러면서 여전히 우물쭈물하고 있었습니다. 그러던 어느 날, 후배와 술잔을 기울이다가 고민을 털어놓았습니다. 그러자 후배가 단호하게 한 마디 하더군요.

"선배님, 문제는 결심입니다. 지금 하지 못하면 앞으로 어떤 결심도 못할 겁니다."

후배의 충고는 쥐구멍에라도 숨고 싶을 만큼 부끄러움과 충격을 동시에 안겨주었습니다. 그날 밤 비로소 그 두꺼운 내과 전공서《시술》의 첫 장을 펼쳤습니다. 그렇게 막상 공부를 시작하고 나니 생각했던 것만큼 어려운 일도 아니었습니다. 시작이 어려웠던 것이지요.

이때의 결심으로 나의 인생은 완전히 다른 길을 걷게 되었습니다. 또한 결단이 조금은 덜 두려워졌습니다. 콜록거리며 기침을 하자 "선생님도 치료가 필요하신데요……"라고 말하던 마약중독 환자의 한 마디에 그만 아찔해져서 십 년을 넘게 피워오던 담배도 끊었습니다. 담배 하나 끊지 못하고 쩔쩔매면서 어떻게 환자를 치료하겠다는 건지 너무 부끄러워서 곧바로 결단을 해버렸지요.

생각해보면 우물쭈물하고 갈팡질팡하던 그 우유부단함의 밑바닥에는 두려움과 쓸데없는 걱정이 두껍게 깔려 있었습니다. 결단이 느리거나 아예 내리지 못하는 사람들은 대부분 안 되는 이유에 많이 집착합니다. 해결보다는 문제에 매여 있는 것이지요. 어떤 상황에 직면하면 안 되는 이유부터 먼저 생각합니다. 이래서 어렵다, 저래서 안 된다, 그건 해보나 마나다 등등. 모든 정신을 온통 안 되는 이유 찾기에 소모하고 있으니 해결할 방법을 찾을 여유가 남아 있을 리 없습니다.

이쯤 되면 계획은 안개 속으로 묻혀버리고 성공의 가능성은 먼지만큼도 남아 있지 않습니다. 그리고는 드디어 우유부단하게 행동한 자신을 후회하기에 이릅니다. 이 시트콤의 줄거리는 며칠 동안 불필요한 걱정만 하다가 결국은 자신이 바보라는 결론을 얻고 끝난다는 내용입니다.

과거와는 달리 현대 사회는 우리에게 매순간 결단을 요구합니다. 그런데도 우리는 도처에 그리고 불시에 마주치는 선택의 갈림길에서 늘 주춤거리기 일쑤입니다. 두 갈래, 세 갈래…… 그 길 앞에서 한 길을 택하기란 여간 난처한 일이 아닙니다. 누군가 대신 나서서 "이게 네 길이야. 이쪽으로만 가면 돼. 그러면 당연히 성공할 수 있어!"라고 말해준다면 좋으련만, 꿈같은 이야기지요.

일단 욕심을 버리십시오. 그러면 결단이 한결 쉬워집니다. 결단이 두려운 건 욕심이 과하거나 쓸데없는 걱정 때문입니다. 결단을 두려워하는 건 행복을 두려워하는 것과 다르지 않습니다.

이제 또 결정의 순간 앞에 섰습니다. 아직도 이 길도 저 길도 가고 싶고, 아니면 이 길은 이래서 안 되고, 저 길은 저래서 위험하다며 우물쭈물하는 건 아니겠지요? 그러다가 그냥 아무 길로나 떠밀려 가면 어쩌려고요? 이 길은 내가 원한 길이 아니라고 원망이라도 할 겁니까? 원래 자리로 되돌려놓으라고 아무나 붙잡고 떼라도 쓸 참인가요? 아니면 그냥 떠밀려가다 버나드 쇼처럼 "갈팡질팡하다가 내 이럴 줄 알았지" 하며 묘비명이라도 세우시겠습니까?

일단 욕심을 버리십시오.
그러면 결단이 한결 쉬워집니다.
결단이 두려운 건 욕심이 과하거나
쓸데없는 걱정 때문입니다.
그것은 행복을 두려워하는 것과
다르지 않습니다.

성공이란 말이 막연하게 느껴질 때

무엇이 성공인가

랄프 왈도 에머슨

자주 그리고 많이 웃는 것

현명한 이에게 존경을 받고

아이들에게서 사랑을 받는 것

정직한 비평가의 찬사를 듣고

친구의 배반을 참아내는 것

아름다움을 식별할 줄 알며

다른 사람에게서 최선의 것을 발견하는 것

건강한 아이를 낳든

한 뙈기의 정원을 가꾸든

사회 환경을 개선하든

자기가 태어나기 전보다

세상을 조금이라도 살기 좋은 곳으로

만들어놓고 떠나는 것

자신이 한때 이곳에 살았음으로 해서

단 한 사람의 인생이라도 행복해지는 것

이것이 진정한 성공이다.

랄프 왈도 에머슨(1803 – 1882) | 미국 사상가 겸 시인. 정신을 물질보다도 중시하고 직관에 의하여
진리를 알고자 했다. 주요 저서로 《자연론》《대표적 위인론》 등이 있다.

성공의 메뉴는 무엇인가요?

한 개그맨이 방청객을 향해 명함을 뿌리며 소리칩니다.

"그렇게 성공하고 싶냐? 성공하고 싶으면 연락해!"

그 모습에 사람들이 박장대소합니다. 성공, 듣기만 해도 참 가슴 벅찬 말입니다. 그런데 성공하고 싶으면 연락을 하라니요? 나의 성공을 누가 대신 이뤄줄 수도 있는 모양입니다. 정말 그럴까요? 성공이 정말 그렇게 이룰 수 있는 것일까요?

성공이란 목적이나 뜻을 이루는 것, 또는 부나 명예를 통해 사회적인 지위를 얻는 것을 말합니다. 그런데 우리가 흔히 생각하는 '성공'은 대개 후자 쪽입니다. 부와 명예 그리고 사회적 지위를 얻은 사람들을 보면 우리는 "저 사람 참 성공했네!"라며 입을 모읍니다. 그 말의 끝에는 막연하게 타인의 성공을 쫓고 싶은 부러움이 한껏 묻어 있습니다. 성공의 기준이 어쩌면 그리도 천편일률적일 수 있을까요?

사람은 저마다의 목적과 뜻이 있기 마련입니다. 그래서 열 명의 사람이면 열 개의 각기 다른 성공이 있어야 마땅한 것이지요. 그럼에도 우리가 생각하는 성공이 하나같이 부와 명예와 지위를 얻는 것에 집중되어 있는 것은 자신만의 선명한 목표를 세우지 않기 때문입니다. 그저 막연하고 무모한 욕심으로 "성공하고 싶어, 반드시 성공할 거야"라고 말할 뿐이지요. 자신이 정녕코 이루고 싶은 꿈이 무엇인지, 그리고 그 목적을 이루기 위해 어떤 과정을 거쳐 어떻게 목표에 도달할 것인지에 대한 구체적인 그림을 그리지 않으니 당연할 수밖에요.

성공은 뜬구름처럼 그렇게 먼 곳에 있는 게 아닙니다. 떠도는 바람처럼 손에 잡을 수 없는 것도 아니지요. 그렇다고 한몫에 거머쥘 수 있는 복권은 더더욱 아닙니다. 성공은 항상 우리 곁에 머물러 있습니다. 보이는 것만 믿으려는 우리의 눈먼 마음이 알아차리지 못할 뿐입니다.

히말라야 등정이 목표인 사람이 있습니다. 그에게 성공이란 히말라야 정상에 태극기를 꽂는 일입니다. 그런 사람에게 성공을 돕겠다며 헬기를 제공한다면 그의 성공이 과연 이루어질까요? 성공의 묘미는 결과가 아니라 힘든 과정을 통해 얻어내는 성취감에 있습니다.

팔순을 바라보는 노신사가 있습니다. 요즘 그의 목표는 일 년 동안 백 권의 책을 읽는 것이라고 합니다. 두꺼운 돋보기를 쓰고 깨알 같은 글씨를 따라가는 노신사의 눈빛은 호기심과 무한한 상상력으로 보석처럼 빛납니다. 백 권의 책을 모두 읽게 되는 날, 그 노신사는 또 하나의 성공을 이루게 될 겁니다. 설령 거스를 수 없는 운명의 힘으로 백

권을 다 채우지 못하고 떠난다 해도 후회는 없을 겁니다. 훗날 낡은 노트에 빼곡하게 기록해놓은 독서일기를 돌려보며 자손들은 그의 열정과 성실, 그리고 스스로에게 한 약속을 지키려고 노력한 그의 의지를 존경해마지 않을 테지요.

부러움과 시기의 대상이 아니라 누구라도 기꺼운 마음으로 존경할 수 있는 성공이야말로 진정한 성공인 것이지요. 여기에 감동적이기까지 한 성공스토리는 모두가 역경을 견뎌낸 사람들의 이야기입니다. 인간의 심리는 참으로 묘해서 처음부터 잘하는 사람에겐 박수를 보내지 않습니다. 계속해서 뒤처져 있던 달리기 선수가 골인 지점을 얼마 앞두고 선두로 뛰쳐나가는 그 순간, 사람들은 감격에 겨워 환호와 격려의 박수를 아낌없이 보냅니다. 이게 바로 진정한 성공의 맛이 아니겠습니까?

그 맛난 성공이 당신 곁에서 때를 기다리고 있습니다. 이제 메뉴를 정해야겠지요. 명확하고 구체적으로 말입니다. 그리고는 잠자고 있는 능력을 흔들어 깨워서 원하는 대로 다듬고 양념하고 버무리는 겁니다. 맛을 책임지는 건 순전히 당신의 몫입니다. 음식을 담을 그릇을 고르는 것도, 누구와 함께 나눌지를 정하는 것도 모두 당신의 선택입니다. 자, 이제 성공의 메뉴를 정하셨습니까?

히말라야 등정이 목표인 사람에게

성공이란 히말라야 정상에

태극기를 꽂는 일입니다.

그런 사람에게 성공을 돕겠다며

헬기를 제공한다면 어떻게 될까요?

성공의 묘미는 결과가 아니라

힘든 과정을 통해 얻는 성취감에 있습니다.

점점 회사에서 밀려난다고 느낄 때

떨어져도 튀는 공처럼

정현종

그래 살아봐야지
너도 나도 공이 되어
떨어져도 튀는 공이 되어

살아봐야지
쓰러지는 법이 없는 둥근
공처럼, 탄력의 나라의
왕자처럼

가볍게 떠올라야지
곧 움직일 준비 되어 있는 꼴
둥근 공이 되어

옳지 최선의 꼴
지금의 네 모습처럼
떨어져도 튀어오르는 공
쓰러지는 법이 없는 공이 되어.

정현종 | 연세대 국문과 교수를 역임했다. 물질화된 사회 속에서 매몰되어 가는 인간의 순수한 영혼에 대해 노래하는 시를 많이 썼다. 주요 작품으로 〈사랑할 시간이 많지 않다〉 〈나는 별 아저씨〉 등이 있다.

이 고비만 견디면 됩니다

누구나 한때 잘나가던 시절이 있었다고 말합니다. 지나간 것은 모두 아름다운 것처럼, 옛 시절의 부귀영화는 더욱 가치 있고 화려하게 느껴지는 법이지요. 그러나 그 잘나가던 시절에도 이런 생각을 한 번쯤 했을 겁니다. '나만 왜 동기들보다 승진이 늦은 거지? 저들이 나보다 나은 게 뭐 있어. 세상은 불공평해.'

잘나가던 시절도 이제 와 생각해보니 '참 좋았었지' 하고 느끼는 것이지, 실제 그 당시에는 자신이 얼마나 소중한 일을 하고 있는지, 얼마나 중요한 사람인지 깨닫지 못합니다. 그래서 궂은일은 다 내가 도맡아하는데도 초고속으로 올라가는 동기들을 따를 수 없어 억울했던 순간이 한두 번이 아니었지요.

우리네 한평생이 오르내리는 여러 개의 곡선으로 이루어져 있다고는 하지만, 나만 유독 기복이 심한 것 같아 슬며시 부아가 치밀기도 합니다. 열정을 다해 정력적으로 일하다보면 성공으로 향하는 상승 곡선을 그리기도 하고, 그러다 간혹 의기소침해지면 하강 곡선을 그리게 마련입니다. 그런데 아무리 지난날을 떠올려봐도 왜 나는 늘 하강 곡선만을 그린 것처럼 느껴질까요?

그것은 우리의 뇌가 하강 곡선일 때의 충격을 더 강하게 기억하기 때문입니다. 누구든 상승세를 타던 환희의 순간들을 가지고 있습니다. 단지 하강하던 때의 충격에 밀려 그 기쁨의 순간들을 기억하지 못하는 것뿐입니다.

우리의 삶은 수많은 고비로 이루어져 있습니다. 그것은 올곧게 뻗어 올라가는 대나무의 삶과도 닮아 있습니다. 오래되고 큰 대나무일수록 마디는 굵고 많기 마련입니다. 그 마디가 존재하지 않는다면 대나무는 꼿꼿하게 하늘을 향해 그 긴 몸을 지탱하고 서 있을 수 없습니다. 작은 어려움에도 갈대처럼 쉽게 휘거나 부러지고 말겠지요. 나무의 사이사이에 존재하는 마디, 놀랍게도 그 간극에 성장의 힘이 깃들어 있기 때문입니다.

우리 인생의 순간순간 찾아오는 고비 역시 대나무의 마디와 같습니다. 그 고비는 대나무의 마디처럼 우리 삶을 더욱 단단하게 성장시키는 힘입니다. 물론 그 힘든 고비를 감당하는 것은 두렵습니다. 하지만 그 순간을 어떻게 현명하게 대처하느냐에 따라 우리의 삶의 가치도 확연히 달라집니다.

김옥길 선생이 이화여대 총장직을 물러날 때의 이야기입니다. 정력적으로 일하기에 손색이 없는 나이였습니다. 물러가야 할 뚜렷한 이유가 있는 것도 아니었습니다. 학교는 선생을 필요로 했고, 모두가 선생의 퇴직을 만류했습니다. 그런데도 선생은 뜻을 굽히지 않았습니다. 무슨 영문인지 그 속을 알 수 없으니 안타까울 뿐이었지요. 끝내 선생은 자리에서 물러났습니다. 아무도 그 뜻을 헤아리지 못한 채 말입니다. 그러던 어느 날, 선생이 드디어 입을 열었습니다.

"언제부터인가 내게 바른말을 해주는 사람이 싫어지기 시작했지. 따져보면 그 말이 옳은데도 막상 듣고 보면 그 사람이 싫어지더란 말이야. 이거 큰일 아닌가. 아, 이제 내가 물러날 때가 되었나보다 생각했지. 그뿐이야."

이 이야기를 전해 듣고 한동안 자리에서 일어설 수가 없더군요. 한 시대의 양심을 담고 있는 큰 그릇이라고 해야 할까요. 참으로 복잡한 감정이었습니다.

이처럼 우리는 삶의 마디마디에서 뛰어야 할 때도 있고, 쉬어야 할 때도 있습니다. 마찬가지로 앞으로 나아가야 할 때가 있는가 하면, 한 걸음 뒤로 물러서야 할 때도 있습니다. 떠날 때를 알고 떠나는 이의 뒷모습이 진정으로 아름다운 것처럼 말입니다.

상승 곡선을 그리며 무조건 위로 오르기만 하는 것은 이기는 일도, 성공도 아닙니다. 사이사이에 존재하는 마디, 그 고비의 시간을 소중히 여길 때, 비로소 우리는 갈대가 아닌 대나무가 됩니다. 떨어져도 튀는 공처럼 고비의 시간 속에서 다시 솟아오를 준비를 하는 것입니다.

무조건 위로 오르기만 하는 것은

이기는 일도 성공도 아닙니다.

사이사이에 존재하는 마디,

그 고비의 시간을 소중히 여길 때

비로소 우리는 갈대가 아닌

대나무가 됩니다.

갑자기 실직 통고를 받았을 때

당장 직장을 구하는 일이 막막하다. 아침마다 식구들의 눈치를 본다.
근심 걱정으로 입맛까지 잃었다.

실업

여림

즐거운 나날이었다 가끔 공원에서 비둘기 떼와
낮술을 마시기도 하고 정오 무렵 비둘기 떼가 역으로
교회로 가방을 챙겨 떠나고 나면 나는 오후 내내
순환선 열차에 고개를 꾸벅이며 제자리 걸음을 했다
가고 싶은 곳들이 많았다 산으로도 가고 강으로도
가고 아버지 산소 앞에서 한나절을 보내기도 했다
저녁이면 친구들을 만나 여느 날의 퇴근길처럼
포장마차에 들러 하루 분의 끼니를 해결하고
아무렇지도 않게 과일 한 봉지를 사들고
집으로 돌아오는 길은 아름다웠다 아내와
아이들의 성적 문제로 조금 실랑이질을 하다가
잠자리에 들어서는 다음 날 해야 할 일들로
가슴이 벅차 오히려 잠을 설쳐야 했다

이력서를 쓰기에도 이력이 난 나이
출근길마다 나는 호출기에 메시지를 남긴다
〔지금 나의 삶은 부재중이오니 희망을
알려 주시면 어디로든 곧장 달려가겠습니다.〕

여림 | (1965 – 2002) 1999년 한국일보 신춘문예에 시 〈실업〉으로 당선했다. 한겨울 새벽에도 시의 영감을 얻기 위해 북한강에 다녀오곤 했다고 한다. 유고시집으로 〈안개 속으로 새들이 들어간다〉가 있다.

당신을 응원합니다

"해고라니요? 내가 그럼 이제 실직자란 말인가요? 믿을 수가 없습니다."

누구의 이야기일까요? 우리의 아버지, 우리의 남편…… 누구에게도 털어놓지 못하고 속앓이를 하고 있는 우리 가족의 하소연입니다.

몸이 너무 아플 때는 정말 몇 달이고 쉬고도 싶습니다. 내 시간이 없이 마냥 쫓길 때는 회사고 뭐고 때려치고 실컷 여행이라도 다니고 책도 읽고 싶습니다. 그렇게도 간절했던 바람들, 정말로 내게 꿈처럼 그런 시간이 찾아왔습니다. 하늘이 주신 기회일까요? 그런데 왜 이렇게 하늘이 무너져 내리는 것만 같을까요? 얼마나 간절히 바라왔던 시간들인데, 왜 세상이 끝난 것처럼 느껴질까요?

남편은 평소와 같은 모습을 하고, 같은 시간에 집을 나섭니다. 얼굴 가득 미소를 머금고 손 흔드는 아내를 뒤로 하고는, 무거운 발걸음을 세상 속으로 옮겨놓습니다. '오늘 저녁엔 꼭 말해야지' 하며 그동안 숨겨왔던 실직 사실을 솔직하게 말하리라 다짐합니다. 그러나 마음 한편에서는 굳이 알려서 좋을 게 뭐 있느냐고, 곧 다시 취직이 될 테니 그때까지만 참자고 마음을 다잡습니다.

나를 버린 세상 속으로 다시 나를 밀어 넣어봅니다. 세상은 내게 자리 하나를 내어주지 않습니다. 공원 벤치에 앉아 "이력을 쓰기에도 이력이 난 나이"에 꾹꾹 눌러가며 손글씨로 또다시 이력서를 씁니다. 날씨마저 스산합니다. 의지할 거라곤 한 줄기 햇살뿐인데, 건너편 빌딩에 걸려 햇살마저 나를 비껴갑니다. 그렇잖아도 자꾸만 움츠러드는 어깨에 으스스 한기마저 듭니다. 삶이 부재중이니 희망 또한 부재합니다. 그렇더라도 누군가 불러주기만 한다면 당장이라도 희망이 돌아올 거라고 믿습니다. 울리지 않는 전화기. 고장이라도 난 건 아닐까 수차례 휴대전화기를 열어 확인하고 또 확인합니다.

그런 날들이 오래도록 반복되면 더러 가져서는 안 될 마음을 먹는 사람들이 있습니다. 혼자라는 생각, 자신을 이해해주고 도와줄 사람이 단 한 명도 없다는 사실이 마지막 삶의 의지마저 잃게 합니다. 설 자리를 잃은 세상의 모든 아버지, 세상의 모든 남편들에게 우리가 해줄 수 있는 것은 그 외로운 마음을 따뜻하게 안아주는 일입니다. 혼자 버려진 것도 아니고, 세상이 끝난 것도 아니라고 말하며 힘주어 손을 잡아주는 일입니다.

《주홍글씨》의 작가 호돈은 어릴 때 다리를 다쳐 몇 해 동안 병상에 있었습니다. 그가 침대에 누워서 할 수 있는 일은 독서뿐이었습니다. 그런데 그가 작가가 되기로 결심한 것도 그 무렵부터라고 합니다. 건강이 회복되면서 몇 개의 단편을 발표했지만, 그에겐 생계를 이어가는 일이 더 중요했습니다. 문학과는 점점 거리가 먼 삶을 살 수밖에 없었지요. 그러던 어느 날, 그는 뜻하지 않게 직장에서 쫓겨나고 말았습니다. 실의에 빠진 그에게 아내가 말했습니다.

"이제야 당신 글을 쓸 수 있게 되었네요."

그리고는 그에게 펜과 원고지를 선물했다고 합니다. 그가 뉴잉글랜드 문학의 거장이 될 수 있었던 건, 이런 아내의 속깊은 이해와 배려였습니다.

어차피 벌어진 일이라면 주어진 시간을 기꺼이 받아들이십시오. 그리고 그동안 하고 싶었던 일을 해보는 겁니다. 열심히 적극적으로 말입니다. 그러다보면 새로운 기회는 반드시 찾아옵니다. 그 기회를 붙들고 함께 살자고 프러포즈라도 해보는 겁니다. 누군가 가져다줄 희망을 기다리는 일은 이쯤에서 접도록 합시다. 비껴가는 햇살을 원망할 일도 아닙니다. 따스한 빛이 밝게 내리쬐는 쪽으로 자리를 옮기면 될 일입니다. 너무 오래 햇살 밖에서 떨었으니, 이제 다시 당신만의 빛을 찾아야 할 때입니다.

세상이 당신에게 다시 자리를 내어주고 웃으며 인사하겠지요. 그 변덕이 알미워 눈이라도 흘겨주고 싶겠지만, 내심 휘파람이라도 불고 싶어지겠지요. 전에도 그랬듯이 당신은 보란 듯이 다시 일어나 씩씩

하게 새 삶을 살아갈 겁니다. 무지개 너머 어딘가에 있던 희망의 햇살
이 다시 비추고 당신을 응원합니다. 당신은 이번에도 잘해낼 겁니다.

이미 벌어진 일이라면 주어진 시간을
기꺼이 받아들이십시오.
그리고 그동안 하고 싶었던
일을 해보는 겁니다.
열심히 적극적으로 말입니다.

힘들게 일해도 그 끝이 보이지 않을 때

나도 모르게 한숨이 많아졌다, 사는 의미를 점점 잃어버린다.
열심히 살아도 미래가 잘 보이지 않는다.

대추 한 알

장석주

저게 저절로 붉어질 리는 없다
저 안에 태풍 몇 개
저 안에 천둥 몇 개
저 안에 벼락 몇 개

저게 저 혼자 둥글어질 리는 없다
저 안에 무서리 내리는 몇 밤
저 안에 땡볕 두어 달
저 안에 초승달 몇 날

장석주 | 시인, 소설가, 문학비평가 등 다양한 영역에서 활동하고 있다. 안성 금광호수 끝자락에 '수졸재'라는 집을 두고 서울의 작업실을 오가며 글을 쓰고 있다. 시집으로 《몽해항로》《절벽》《햇빛사냥》 등이 있다.

겨울 지나 봄은 옵니다

친구와 함께 운동을 마치고 집으로 향하던 길이었습니다. 친구의 집 어귀를 거쳐 갈 즈음, 이왕 집 근처까지 왔으니 차나 한 잔 하고 가라며 친구가 손을 잡아끌었습니다. 못 이기는 척 친구를 따라 그의 집 대문 안으로 들어섰습니다.

뜰에는 마당 가득 대추가 넘쳐나고 있었습니다. 아이들은 신이 나서 깡충거렸고, 부인의 얼굴에도 함박웃음이 넘실거렸습니다. 이제 막 추수를 끝낸 대추들을 골라 이 바구니, 저 바구니에 담고 있었습니다. 반지르르 윤기가 흐르고 모양도 번듯한 놈으로 한 알, 한 알 정성스레 골라 담으며 부인이 말하더군요.

"이건 옆집이랑 뒷집에 나눠주려고요."

보석 한 바구니가 어찌 저보다 더 귀한 선물일 수 있을까 싶었습니다. 부인과 아이들의 표정이 얼마나 밝고 곱고 여유롭던지, 어디서도 보기 어려운 아름다운 정경이었습니다. 시간을 견디고 계절을 버텨낸 대추의 알알에는 태풍과 천둥과 벼락, 땡볕과 무서리와 초승달, 그리고 사랑으로 돌본 가족들의 정성이 발갛게 묻어나고 있었습니다.

주위를 둘러보니 반대편 마당에는 감나무도 서 있었습니다. 빛깔 고운 감들이 더러더러 매달려 있었습니다. 장마가 길어서 감들이 많이 떨어지고 저것밖에 남지 않았다고 하더군요. 감수성이 풍부한 막내딸은 비바람에 떨어진 감을 주워들고 무척이나 가슴 아파했다고 합니다.

그 어린 딸의 모습을 상상하며 나는 마음속으로 이렇게 말했습니다. "괜찮아, 괜찮아. 그렇게 세찬 비바람을 견뎌냈으니 내년 가을엔 더 튼튼하고 더 빨갛고 더 탐스런 감들이 주렁주렁 달릴 거야. 그러니까 괜찮아." 그러면서 스스로 부끄러운 마음도 들었습니다. 그즈음 늘 일에 치여 사는데도 성과는 그리 신통치 않다는 생각이 종종 들었거든요. 나무가 스승처럼 존경스럽기까지 했습니다.

10여 년 전 어린 묘목을 사다 심은 뒤, 목이 마를까 물도 주고 혹여 영양이 부족하진 않을까 거름도 주고, 겨울이면 얼지 않게 기둥도 감싸주면서 그렇게 키워낸 나무들이라고 했습니다. 그 나무들이 정성과 사랑에 보답하듯 스스로 계절의 변화를 견뎌내어 우리에게 고운 꽃과 시원한 그늘과 탐스러운 열매를 선물하고 있었습니다. 친구 집의 작은 마당에서는 그야말로 결실의 축제가 한바탕이었습니다.

한 번씩 살아가는 일이 퍽퍽하게 느껴진다 싶거든 나무를 바라보십시오. 해도 해도 끝나지 않는 일이 지겹게만 느껴지거든 나무 한 그루 심어보시지요. 녹록치 않은 시간과 계절을 견디고도 제 가진 것 다 내어주는 나무들. 척박한 환경에서도 꿋꿋하게 자신의 자리를 지키는 의연함. 아무것도 바라지 않는 빈 마음. 그게 바로 나무입니다.

"가난하기 때문에 그대에게는 참을성이 있고, 작은 것도 고맙게 생각하는 마음이 있다. 가난하기 때문에 슬픔을 가슴에 품고 지그시 견디는 용기, 가난하기 때문에 곤란한 사람을 돕는 마음, 이런 것이 그대가 가난하기 때문에 얻는 귀중한 재산임을 아느냐?"

로웰의 말처럼 고난과 역경이 우리에게 주는 교훈은 비할 데 없이 값진 것입니다. 태어나면서부터 모든 것을 다 갖춘 완벽한 사람은 없습니다. 성장하면서 점차 성숙되어 가는 것이지요. 실수도 하고 실패도 겪고, 그래서 좌절의 눈물과 한숨을 쏟아내기도 하면서 말입니다. 그러는 동안 우리의 열매는 더욱 튼실해지고 번듯해집니다. 곱게 물든 저마다의 색깔 위로 반지르르 윤기도 흐르고, 품어내는 향기마저 아름답습니다. 한숨과 눈물로 얼룩진 시간들이 결코 헛되지 않았던 것입니다.

이제 곧 찬 바람이 불고 나무는 얼마 남지 않은 잎들마저 털어낸 채 혹독한 겨울을 견뎌내겠지요. 봄은 아직 멀리 있고 눈보라는 거세져만 가도 나무는 의연하게 버틸 겁니다. 왜 이렇게 겨울이 긴 거냐고, 이 겨울이 언제 끝나는 거냐고, 봄은 대체 언제 오는 거냐고 채근하지도 투정을 부리지도 않을 겁니다.

그런다고 겨울이 후다닥 도망칠 리도 없고, 봄이 서둘러 찾아오지도 않을 거라는 걸 잘 알기 때문입니다. 자연의 순리를 받아들이고 따르는 것, 그 단순한 진리가 가장 큰 버팀목이라는 사실을 잘 알고 있기 때문입니다. 그렇게 역경을 이겨낸 나무들, 그들이 진정 찬란한 봄을 누릴 자격이 있습니다. 그들에게 봄은 당연한 봄입니다.

시간을 잘 견디고 버텨낸

대추의 알알에는

천둥과 벼락, 땡볕과 무서리,

그리고 사랑으로 돌본 가족들의 정성이

빨갛게 묻어나 있었습니다.

성공만이 최고의 목표라고 생각했다, 오직 나를 위해서 최선을 다했다,
인정받는 위치에 올랐지만 속 깊은 친구는 많지 않다.

가던 길 멈춰 서서

헨리 데이비스

근심에 가득 차, 가던 길 멈춰 서서
잠시 주위를 바라볼 틈도 없다면 얼마나 슬픈 인생일까?

나무 아래 서 있는 양이나 젖소처럼
한가로이 오랫동안 바라볼 틈도 없다면

숲을 지날 때 다람쥐가 풀숲에
개암 감추는 것을 바라볼 틈도 없다면

햇빛 눈부신 한낮, 밤하늘처럼
별들 반짝이는 강물을 바라볼 틈도 없다면

아름다운 여인의 눈길과 발
또 그 발이 춤추는 맵시 바라볼 틈도 없다면

눈가에서 시작한 그녀의 미소가
입술로 번지는 것을 기다릴 틈도 없다면,

그런 인생은 불쌍한 인생, 근심으로 가득 차
가던 길 멈춰 서서 잠시 주위를 바라볼 틈도 없다면.

윌리엄 헨리 데이비스(1871 - 1940) | 어렸을 때 부모를 여의고 조모 밑에서 가난하게 자랐다. 평생을 '방랑걸인'으로 살며 영혼을 울리는 시를 많이 썼다.

토끼는 왜 빨리 달렸을까요?

이유도 없이 바닥으로 바닥으로 꺼져 들어가는 날이 있습니다. 평소 잘 하지도 못하는 술이지만 친구라도 불러서 주거니 받거니, 한 잔 기울이고 싶은 마음입니다. 휴대전화를 열어 전화번호부를 뒤적입니다. 참 많은 사람들의 이름이 빼곡하게 저장되어 있습니다.

그런데 이게 웬일인가요. 맘 놓고 불러낼 이 누구 하나 없습니다. 울적한 마음을 나눌 사람이 한 명도 없다니, 대체 무얼 하며 살아온 걸까요? "아무래도 난 세상을 잘못 산 모양이야" 하고 여기기엔 뭔가 억울하다 싶은 마음도 듭니다. 앞만 보며 쉬지 않고 정말 열심히 살아왔다고 자부하니 말입니다.

그런데 왜 행복하지 않을까요? 마음을 나눌 친구도 없이 왜 외롭기만 한 걸까요? 전화번호부에 들어차 있는 그 많은 사람들은 삶에 무슨 의미일까요? 문득 이솝의 〈토끼와 거북이〉 이야기가 떠오릅니다.

무엇으로 보나 게임이 되지 않을 것 같은 토끼와 거북이가 달리기 경주를 합니다.

아마도 당신은 토끼처럼 빨리 달리는 데만 집중했는지도 모릅니다. 그것만이 거북이를 앞지를 수 있는 최선의 방법이라고 생각했을 겁니다. 골인 지점까지 도달해서 경주를 마치는 게 목표가 아니고, 경쟁자를 앞지르는 게 목적이었던 겁니다. 그러느라 주위를 돌아볼 겨를도 없었고, 친구를 만들 틈도 없었고, 참된 사랑을 나눌 여유도 없었을 테지요.

하지만 결과는 어떻습니까? 재빠르기로 유명한 토끼, 어이없게도 거북이에게 참패를 당하고 맙니다. 몸과 마음이 지칠 대로 지쳐버린 것이지요. 앞만 보고 '보다 빠르게 보다 힘차게'를 외치며 달리고 또 달렸으니 그럴 만도 하지요. 빨리 끓는 냄비가 빨리 식듯이, 무조건 내달리더니 이내 지쳐 잠이 들고 만 것이지요. 자다 깨어보니 주위에는 아무도 없습니다. 누구에게 위로라도 받고 싶은데, 어디서 찾아야 할지 막막할 뿐입니다.

거북이의 삶을 택했더라면 인생이 조금은 달라졌을까요? 거북이는 자신의 능력으로 토끼를 이길 수 없다는 사실을 잘 알고 있었습니다. 그러니 거북이는 토끼를 이기는 게 목적이 아니라 골인 지점까지 무사히 경주를 끝마치는 데 더 큰 의미를 두었지요. 느린 걸음이지만 그래도 성실하게 가다보면 반드시 목표 지점에 다다를 수 있다는 믿음이 있었으니까요. 그러면서 오고가는 친구들과 안부 인사도 나누고, 하늘을 뒤덮은 양떼구름도 한 번씩 올려다보고, 저 멀리 풀을 뜯는 소들에게 손도 흔들어주고, 바람결에 날리는 들꽃의 향기도 맡아보고, 개울을 만나면 달팽이들과 목도 축이면서 그렇게 한 발 한 발 나아가는 것이지요.

인생은 단숨에 해치울 수 있는 100미터 달리기가 아니라, 길고 긴 마라톤 경주입니다. 목이 마르면 물도 마시고, 응원하는 친구들이 보이면 손도 흔들어주고, 가족들의 걱정도 마음에 새기며 그렇게 완급을 조절하며 나아가야 하지요. 평균 8, 90년을 살아가야 하는 긴 인생길에서 늘 숨이 턱에 차도록 달리기만 한다면 그 인생이, 그 몸과 마음이 어디 온전하겠습니까?

늘 급하게 내달리지만 안타깝게도 주인공이 되지 못하는 토끼, 그렇게 내달렸음에도 한순간의 실수로 그만 거북이에게도 지고 마는 토끼의 모습이 우리의 자화상인 것만 같아 쓴웃음이 나옵니다. 하지만 이제라도 늦지 않았습니다. 거북이를 거울삼아 삶을 새롭게 시작하면 됩니다.

10억을 만드는 일, 빌딩을 사는 일, 최고의 자리까지 오르는 일, 다 좋습니다. 그러나 이것만은 꼭 기억하기 바랍니다. 그 목표를 이루는 게 과연 무엇을 위해서인지 또 누굴 위해서인지 말입니다. 당신이 그 목표를 이루기 위해 앞만 보며 달리는 동안, 가족 중 누군가는 불 꺼진 방에 웅크리고 앉아 외로움과 싸우고 있을지 모릅니다. 친구는 마음을 내주지 않는 당신을 서운해하며 점점 당신을 잊어갑니다. 위로

받고 싶을 때 누군가 곁에 있기를 간절히 원했던 것처럼, 지금 그들에게는 당신의 위로가 절실합니다. 잠시 달리는 일을 멈추고 주위를 둘러보세요. 당신의 눈길과 손길을 기다리는 그들에게 말입니다.

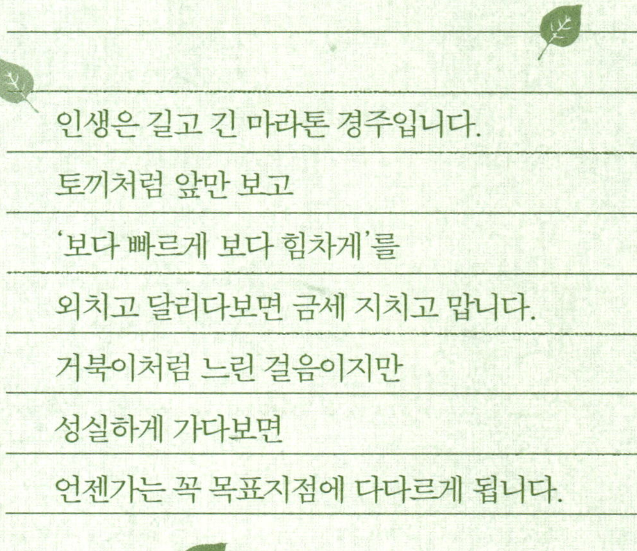

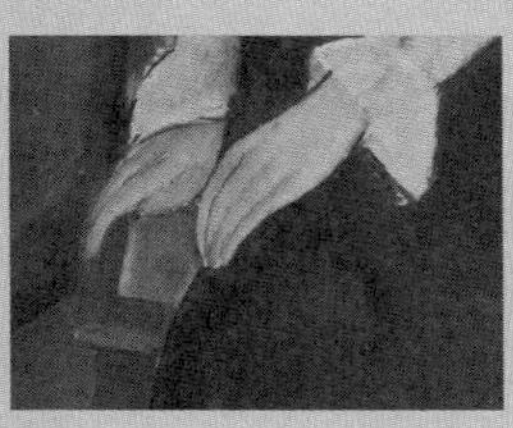

아무도 내 속내를 알아주지 않을 때
상대가 내게서 멀어질까봐 전전긍긍할 때
가까운 사람과 오해로 사이가 멀어졌을 때
외모가 멋진 사람 앞에서 주눅이 들 때
남들에게 나의 단점을 숨기고 싶을 때
실속 없는 만남은 시간낭비라고 느낄 때
매사에 부정적인 사람을 만났을 때
이기적인 사람을 만났을 때
소중한 사람이 세상을 떠났을 때

대인관계

마음에 드는 사람과 걷고 싶다

오광수

마음에 드는 사람과 걷고 싶다

내 눈빛만 보고도

내 마음을 알아주는 사람

내 걸음걸이만 보고도

내 마음을 읽어주는 사람

그리고 말도 되지 않는

나의 투정이라도 미소로 받아주는

그런 사람과 걷고 싶다

걸음을 한 걸음씩 옮길 때마다

사람 사는 아름다운 이야기며

얼굴을 한 번씩 쳐다볼 때마다

하얀 이 드러내며 웃는 모습까지

포근한 삶의 모습을 느끼는 속에서

가끔씩 닿는 어깨로 인해

약간의 긴장까지 더해주는
그런 사람과 걷고 싶다

이제는 세월의 깊이만큼
눈가에는 잔주름이 가득하고
흰 머리칼은 바람 때문에 자꾸 드러나며
앞가슴의 속살까지 햇볕에 그을렸어도
흘러간 먼 먼 시절에
풍뎅이 죽음에도 같이 울면서
하얀 얼굴의 소녀로 남아 있는
그런 사람과 걷고 싶다

오광수 | 계간 〈대한문학세계〉로 등단했다. 마음을 따뜻하게 감싸주고, 쉽게 공감할 수 있는 시들을 많이 썼다. 시집으로 《내가 당신에게 행복이길》 등이 있다.

나는 얼마나 훈훈한 사람일까요?

휴대전화에 빼곡하게 저장되어 있는 전화번호들. 심지어 그 수가 몇 백 개를 넘는 사람들도 있습니다. 그런데 문득 그런 생각이 들 때가 있습니다. 내가 알고 있는 그 많은 사람들. 그들도 나를 기억하고 있을까? 가끔은 내 생각을 하고 있을까? 하고 말입니다.

술 잘 사기로 유명한 한 친구가 있었습니다. 친한 친구들 사이에서는 물론, 사업상 만나는 사람들도 그에게 술 한번 거하게 얻어먹지 않은 사람이 없을 정도입니다. 그러다 소소하게 운영해오던 그의 사업이 뜻대로 되지 않아 그만 접어야 하는 힘든 상황에 처하고 말았습니다. 괜찮다고, 다시 시작하면 되지 않느냐고 말하는 모습이 조금은 씩씩해 보여 마음이 놓였습니다.

어느 날, 저녁 겸 가볍게 술 한 잔을 나눴습니다. 늘 퍼주기만 하던 그에게 오늘 만큼은 기필코 내가 사리라 엄포도 놓았습니다. 연민 때문만은 아니었습니다. 베푸는 것만큼 받는 기쁨도 알게 하고 싶었지요. 몇 잔의 술을 비우고 그가 어렵게 입을 열었습니다.

"어려운 일 당해보니까 알겠더군요. 결국 내 곁에 남는 사람이 누군지 말입니다. 헛살았다는 생각도 듭니다."

그의 서운함은 어느새 외로움으로 번져가고 있었습니다. 그리고 그 외로움이 어디에서부터 온 것인지 조금은 알 것 같았습니다. 그가 수십 년간 주변 사람들에게 써온 술값은 엄청난 액수였습니다. 그러나 선뜻 다가와 상심한 그의 마음을 어루만져주는 사람은 없었습니다. 그는 엄청난 값을 치르고도 정작 마음은 얻지 못했던 것입니다.

아무리 비싼 값을 치러도 살 수 없는 게 사람의 마음이지요. 그는 술을 사는 일에만 연연했지, 상대의 마음을 헤아릴 줄은 몰랐던 것입니다. '나 이 정도로 배포 있는 사람이야!' 하는 자기만족이 더 컸을지 모릅니다.

"저 오늘 술 한잔 사주세요" 하고 누군가 청해온다면 그건 단순히 술을 사달라는 의미가 아닙니다. 술을 핑계로 답답하거나 속상한 속내를 털어놓고 싶은 간절한 마음이지요. 그런 사람의 마음은 헤아리지 않은 채 아무리 비싼 술집에 데리고 간다 한들 무슨 의미가 있겠습니까. 아무도 진정 고마운 일로 기억되지는 않을 겁니다.

내 맘 하나 알아주는 사람 없는 세상이 야속하고 쓸쓸해서 정말이지 인생을 헛산 것만 같을 때가 있습니다. 기쁨도 슬픔도 함께 해줄 사람이 없다는 건 참으로 슬픈 일이지요. 하지만 당신만 그렇게 느낄까요?

아닙니다. 지금 당신 가까이의 누군가도 이 야속한 세상을 원망하고 있을지 모릅니다.

그런데 혹시 이런 생각은 해보셨나요? '나는 진정 그 누군가에게 따뜻한 사람이 되어준 적이 있을까?' 눈빛만으로도, 걸음걸이만으로도 그 마음을 헤아릴 줄 아는 사람, 함께 있고 싶고 기대고 싶고 비밀을 털어놓고 싶은 그런 훈훈하고 정 깊은 사람 말입니다.

한 번을 만나도 따뜻한 마음이 진하게 전해지는 사람이 있는가 하면, 열 번을 만나도 늘 거리감이 생기는 사람들이 있습니다. 사람을 끌어당기는 매력적인 힘을 가진 사람들의 공통점은 내적인 미(Inner Beauty)를 지니고 있다는 것입니다. 상대의 마음을 이해하고 기쁨도 슬픔도 함께 할 줄 아는 마음. 그런 매인력(魅人力)을 지닌 사람들은 대부분 상대의 말을 잘 들어준다는 공통점이 있습니다.

살다보면 주위에는 크고 작은 고민으로 힘들어하는 사람들이 많습니다. 하지만 그것을 대신 해결해줄 수 있는 사람은 아무도 없습니다. 다만 상대의 이야기를 들어주고 공감하면서 고민을 나누는 것이지요. 그것만으로도 상대는 큰 위로를 받습니다. 이처럼 위로란 마음의 친구가 되어주는 것입니다.

세상에 내 편이 한 명도 없다고, 답답한 속을 털어놓을 친구 하나 없다고 서운해하지 마십시오. 당신이 먼저 누군가의 편이 되어주고 진심으로 그의 속내를 들어주면, 그 사람도 분명히 당신의 친구가 될 것입니다.

살다보면 주위에는 크고 작은 고민으로

힘들어하는 사람들이 많습니다.

하지만 그것을 대신 해결해줄 수 있는

사람은 아무도 없습니다.

다만 상대의 이야기를 들어주고 공감하면서

고민을 나누는 것이지요.

그것만으로도 상대는 큰 위로를 받습니다.

친구에게 거리감을 느끼면 불안해진다. 사람에게 쉽게 상처를 받곤 한다.
대화를 나눌 때 상대의 눈치를 보곤 한다.

옆모습

안도현

나무는 나무하고 서로 마주 보지 않으며

등 돌리고 밤 새 우는 법도 없다

나무는 사랑하면 그냥,

옆모습만 보여준다

옆모습이란 말, 얼마나 좋아

옆모습, 옆모습, 자꾸 말하다 보면

옆구리가 시큰거리잖아

앞모습과 뒷모습이
그렇게 반반씩
들어앉아 있는 거

당신하고
나하고는
옆모습을 단 하루라도
오랫동안 바라보자
사나흘이라도 바라보자

안도현 | 서정성 깊은 작품으로 많은 사랑을 받았다. 소월시문학상, 원광문학상 등을 수상했다. 시집
으로《모닥불》《그대에게 가고 싶다》《외롭고 높고 쓸쓸한》 등이 있다.

함께 걸어 보세요

사람은 누구나 스스로의 존재를 인정받고 싶어합니다. 뿐만 아니라 자신이 한 일에 대해서도 제대로 평가받기를 원합니다. 그런데 이런 인정욕구가 지나쳐 대인관계에 문제를 불러오는 사람들이 있습니다. 물론 자신에게는 문제가 없다고 생각하지요. 그들은 타인의 평가에 민감하게 반응하며, 조금이라도 부정적인 평가가 있거나 인정받지 못하면 자존심에 큰 상처를 입고는 이내 실의에 빠지고 맙니다.

그들의 또 다른 특징은 자신에 대한 인정욕구만큼이나 상대의 모든 것을 알고 싶어하는 심리 또한 강합니다. 상대에 대해 낱낱이 알고 있어야만 진정 가까운 사이라고 믿기 때문입니다. 상대가 조금이라도 소홀히 하거나 싫은 기색을 보이면(실제로 그런 것도 아닌데) 끝을 알리는 신호라고 받아들이며 이내 좌절 모드로 진입합니다.

대체 왜 그럴까요?

　연구결과에 따르면 지나치게 엄격하거나 가혹한 양육 태도를 보이는 부모 밑에서 자란 경우 인정욕구가 더욱 강하다고 합니다. 특히 애정 표현에 인색하고 차가우며, 칭찬은 적고 꾸중은 많은 엄마와 심한 경우 아이를 거부하는 아버지 밑에서 자란 아이들은 부모의 인정을 받기 위해 더더욱 필사적일 수밖에 없습니다. 벌을 받을까, 거부당할까, 쫓겨나지는 않을까 하는 불안감 때문입니다. 인정욕구가 강할수록 인정받지 못할 것에 대한 두려움도 커질 수밖에 없는 것이지요.

　이런 환경에 노출된 아이들은 어른이 되어서도 늘 전전긍긍합니다. 인정받기 위해, 긍정적으로 평가받기 위해, 매력적으로 보이기 위해 주변사람들의 눈치를 보는 것이지요. 동시에 인정받지 못하면 어쩌나, 비호감이라고 외면당하는 건 아닐까 하는 불안감에 신경을 곤두세우고, 사람들의 일거수일투족을 주시하면서 말입니다.

　이런 심리 상태로는 인간관계가 편하고 자연스러울 리 없습니다. 사람을 만나고, 관계를 이어가는 과정이 당연히 즐겁지도 신나지도 않습니다. 긴장의 연속일 뿐이지요. 인정받지 못하면 끝이라는 극단적인 생각이 머릿속을 지배하고 있는데, 어떻게 즐거울 수 있겠습니까. 그래서 더 필사적으로 노력합니다. 완벽하게 한치의 실수도 없어야 상대가 자신에게 실망하지 않을 테니 말입니다. 하지만 그럴수록 관계는 더 어색해진다는 것을 안타깝게도 그들은 알아채지 못합니다.

　사람과 사람 사이, 일과 일 사이에 적당한 긴장감을 유지하는 것은 사실 매우 중요합니다. 문제는 지나친 긴장감이 그 모든 것을 극단으로 몰고가버린다는 데 있지요. 그런데 이상하게도 이런 사람들일수록 자존심에 목숨을 걸거나 센 척하며 으스대기를 좋아한다는 것입니다. 그래서 걸핏하면 "자존심을 건드리는 건 용납 못해!" 하거나 "자존심 상해서 그런 건 못해!"라고 말하기 일쑤입니다. 하지만 쉽게 자존심이 상한다고 말하는 것은 자신이 정말 자존심이 약한 사람이라고 말하는 것과 마찬가지입니다. 그만큼 취약하기 때문에 상처도 잘 받는다는 뜻이지요.

이처럼 사람들과 더불어 살아가는 일에 수시로 긴장하거나 조금이라도 불편함을 느낀다면 이렇게 해보십시오. 숲으로 나가 사람들과 함께 '나란히' 걸어보는 겁니다. 어깨를 나란히 하고 함께 걷는 행위는 곧 같은 곳을 향해 함께 나아가는 일입니다. 자연스레 전향적이고 희망적이며 긍정적인 마음 상태가 유지됩니다. 또 리듬 운동으로 군집본능까지 충족되면서 서로에게 깊은 동료애도 생겨납니다. 그리고 가장 중요한 것은 상대의 앞모습이 아닌 옆모습을 보게 되는 일입니다. 옆모습은 앞모습과 뒷모습이 적절히 조화된 상태입니다. 전부가 아닌 부분과 부분이 만들어낸 참 아름다운 모습이 아닐 수 없습니다.

동행은 뒤를 쫓거나 앞서 나가는 일이 아닙니다. 나란히 함께 걸어가는 일입니다. 인정욕구를 줄이면 상대에 대한 기대도 줄어들고, 기대가 줄어들면 만남 그 자체만으로도 충분히 즐겁습니다. 사이사이 적당한 거리를 두어 빛도 쬐고, 바람도 맞으며 더욱 건강해지는 나무들처럼 사람과 사람 사이도 마찬가지입니다.

동행은 뒤를 쫓거나

앞서 나가는 일이 아닙니다.

나란히 함께 걸어가는 일입니다.

어깨를 나란히 하고 함께 걷는 것은

곧 같은 곳을 향해 함께 나아가는 일입니다.

자연스레 긍정적인 마음이 일어나면서

서로에게 깊은 동료애도 생겨납니다.

가까운 사람과 오해로 사이가 멀어졌을 때

사소한 말실수로 친구와 말다툼을 했다, 화가 나서 동료에게 막말을 해버렸다,
동료들 사이에 뒷담화는 이미 일상이 되었다.

그때 왜

김남기

저 사람은 거짓말을 너무 좋아해,

저 사람과는 결별해야겠어,

하고 결심했을 때

그때 왜,

나의 수많은 거짓말했던 모습들이 떠오르지 않았지?

저 사람은 남을 너무 미워해,

저 사람과는 헤어져야겠어,

하고 결심했을 때

그때 왜,

내가 수많은 사람을 미워했던 모습들이 떠오르지 않았지?

저 사람은 너무 교만해,

그러니까 저 사람과 그만 만나야지,

하고 결심했을 때

그때 왜,
나의 교만했던 모습들이 떠오르지 않았지?

저 사람은 너무 이해심이 없어,
그러니까 저 사람과 작별해야지,
하고 결심했을 때
그때 왜,
내가 남을 이해하지 못했던 모습들이 떠오르지 않았지?

이 사람은 이래서,
저 사람은 저래서 하며
모두 내 마음에서 떠나보냈는데
이젠 이곳에 나 홀로 남았네.

김남기 | 총회 신학교를 졸업하고 그리스도의 가르침을 실천하며 살고 있다. 〈행복한 사람〉 〈너는 왜〉
〈우리가 잊고 있는 것들〉 등의 미발표 시가 있다.

내가 하는 '말'은 어떨까요?

모여 앉아 남을 흉보는 것만큼 재미있는 일이 또 있을까요? 없는 데서는 나라님 흉도 본다는 말이 있을 정도이니 말입니다. 어디 그뿐이겠습니까. 동료들 간에도 부장님이나 사장님 흉을 보는 일, 군대에서 고참 흉을 보는 일들은 일상의 흔한 풍경입니다.

그러나 이 정도는 귀엽게 봐줄 수 있는 수준의 '뒷담화'라고 할 수 있지요. 무리가 모여 이처럼 집단의 우두머리 흉을 보는 것은 개인적인 미움이나 분노라기보다는, 오히려 집단의 결속력을 다지는 행위에 가깝다고 할 수 있습니다.

그런데 문제는 허허 웃어넘기고 말 정도의 수준을 넘어서는 경우입니다. 사생활을 침해하거나 인격적인 모욕으로까지 확산될 수 있는 이야기들을, 그것도 "⋯⋯한다더라!" 하는 식의 검증되지 않은 이야기를 무책임하게 마구 쏟아내는 것입니다. 인터넷상에서 벌어지는 이런 일들은 한 개인의 삶에 치명타를 안기기도 합니다.

아이들이든 어른이든, 술자리든 사무실이든 둘 이상만 모이면 이야기의 분위기는 자연스럽게 누군가의 험담으로 흘러갑니다. 시작하기가 무섭게 봇물 터지듯 여기저기서 험담이 쏟아집니다. 회의나 토론에서도 찾아보기 힘들던 적극성이 여기서는 쏟아져 나옵니다.

간혹 남의 흉이나 보는 것이 별반 재미도 없고, 또 그리 좋아보이지도 않아서 말을 섞고 싶어하지 않는 사람들도 있습니다. 그렇더라도 모두 한두 마디씩 거드는데, 혼자만 가만히 있으면 왠지 외따로 노는 것 같아 하는 수 없이 같은 배를 타곤 합니다.

이렇게 열심히 남의 흉을 본다는 것은 '나는 그렇지 않다'는 일종의 자기선언이기도 합니다. 왜냐하면 누군가에 대한 미움이나 분노는 결국 자기 자신에게 향하던 분노와 미움이 표출되는 것이기 때문입니다. 그래서 자신의 부정적인 면이 어떤 대상에게서 발견되면 필요이상으로 흥분해 비난을 쏟아냅니다. 타인의 단점이나 그릇된 점을 들추어 자신 안의 어두운 그림자를 덮어씌우려는 것이지요. 그럼으로써 나는 그런 사람이 아니라는 결백을 인정받고, 또 서로 "우리는 괜찮다"는 면죄부를 주고받는 것입니다.

그런데 이렇게 무리 속에서 오고간 험담이 그것으로 끝날까요? 천만에 말씀입니다. 말은 물과 같아서 어디로든 흘러가게 됩니다. 무리 중 한 명이 또 다른 무리로 옮겨가서 "누가 그러는데 말이야……" 하며 입을 엽니다. 뼈가 붙고 살이 붙은 말은 눈덩이처럼 불어나 험담 대상자의 귀에까지 흘러들어갑니다.

　어느 날 갑자기 동료나 친구 등 가까운 사람들이 눈도 마주치지 않고 말도 섞지 않습니다. 처음엔 왜 저러지 하며 별일 아닌 듯 넘기지만, 그런 날이 오래 지속되면 여간 신경이 쓰이는 게 아닙니다. 곰곰이 생각해봐도 이렇다 할 이유를 찾을 수가 없습니다. 영문을 모르니 어떻게 해볼 방법도 없고, 다짜고짜 왜 그러냐고 따져 물을 수도 없는 노릇입니다. 주변 사람들에게 물어도 보고 눈치도 살피지만 알다가도 모를 일입니다. 그러나 이유는 멀지 않은 곳에 있습니다. 생각 없이 쏟아낸 험담과 무심코 내뱉은 한 마디가 바로 그 주범입니다.

　그제서 "미안한데, 그건 오해야! 그러니까 화 풀어"라고 말한다고 상처받은 마음이 아물어질 수 있을까요? 없었던 일처럼 말끔하게 잊을 수 있을까요? 그건 불가능한 일입니다. 부정적인 기억은 그렇게 쉽게 지워지지 않기 때문입니다. 이런 과정이 반복되면 결국 내 곁에 아무도 남아 있지 않게 됩니다. 부메랑이 되어 나에게 상처와 외로움을 안겨줄 뿐입니다.

　무조건 남의 험담을 늘어놓는 자리는 일단 피하고 볼 일입니다. 혹시 반감이나 경계심을 불러올까 두려워 억지로라도 동참해야 한다면 소극적으로 참여는 하되, 슬쩍 칭찬의 말을 덧붙여보는 겁니다. 물론 적극적으로 옹호해주는 듯한 인상을 남기지 않는 정도에서 말입니다.

　내 안에는 빛과 그림자가 동시에 존재합니다. 어느 쪽을 부각시키느냐에 따라 빛이 되기도 하고, 어둠이 되기도 합니다. 타인의 단점을

들추어 나의 단점을 감추기보다는, 타인의 장점을 들추면서 나의 장점
도 발견하는 계기가 되었으면 좋겠습니다. 그것이 내 안의 새로운 빛
을 발견하는 일입니다.

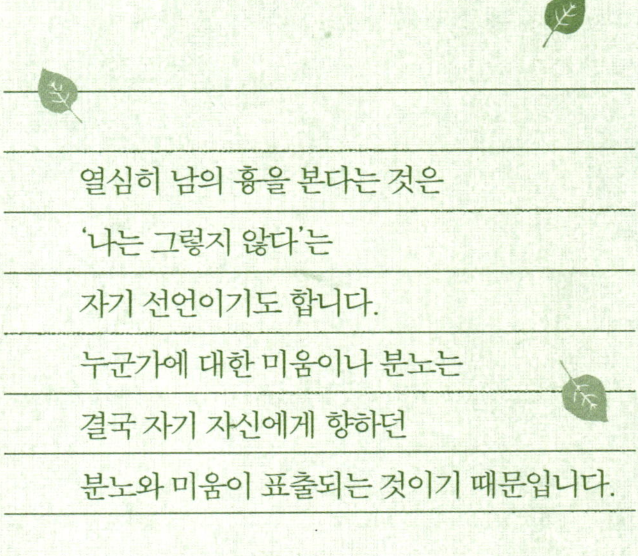

외모가 멋진 사람 앞에서 주눅이 들 때

외모가 실력보다 더 큰 힘을 발휘한다고 생각한다.
성형수술을 생각해본 적이 있다. 못생긴 사람을 무시한 적이 있다.

아름다움을 위해 나는 죽었지

에밀리 디킨슨

아름다움을 위해 나는 죽었지 그런데 무덤에

익숙해지자마자, 진실을 위해 죽은 사람이

바로 옆방에 눕혀졌지

그는 내게 '왜 실패했냐?'고 속삭이며 물었지

'아름다움을 위해' 나는 대답했지

'그래, 나는 진실을 추구하느라… 그것들은 한 몸이니…

우리는 형제로군' 그는 말했지

그래서 우리는 가까운 친척처럼 밤에 만나
무덤의 방을 사이에 두고 이야기를 나누었지
이끼가 번성하여 우리의 입술에 닿을 때까지
그래서 우리의 이름을 덮어버릴 때까지

에밀리 디킨슨(1830-1886) | 영문학사상 최고의 여류시인으로 불린다. 사랑과 죽음, 자연과 인생에 대한 성찰을 치열하게 보여주었다. 〈그대 가을에 오신다면〉 〈저는 당신과 함께 살 수 없어요〉 등의 시가 있다.

콤플렉스에 지면 인생에도 집니다

사람마다 한두 가지 콤플렉스는 있기 마련이지요. 개개인의 성격만큼이나 콤플렉스의 종류 또한 다양합니다. 얼굴이 커서, 키가 작아서, 눈이 작아서, 코가 낮아서, 목소리가 이상해서, 뚱뚱하거나 또는 말라서 등등 헤아리기조차 어려울 정도입니다.

　그런데 콤플렉스의 대부분이 외적으로 드러나는 것에 치중되어 있다는 사실을 알고 계십니까? 외모지상주의 시대가 되면서부터 그런 경향은 더더욱 짙어졌습니다. 예쁘고 잘생긴 사람들이 살아가는 데 얼마나 유리한지에 대해서 사람들은 입을 모아 열변을 토합니다. 예쁘고 잘생긴 사람들은 성격도 좋고, 똑똑하고 경제적으로도 안정되어 있다고 믿기 때문입니다. 그래서 사회는 그런 사람들에게 좀더 너그럽고 친절하기까지 하다고 말입니다. 심리학에서는 이런 연상 심리를 헤일로 효과(Halo Effect)라고 합니다.

이런 심리가 작용하기까지는 영상매체의 역할이 톡톡히 한몫을 했습니다. 드라마나 영화에 등장하는 주인공들은 대부분 착하고, 정의롭고 똑똑하며 하나같이 예쁘고 잘생겼습니다. 그걸 보고 자라면서 자연스레 세뇌가 되는 것이지요. 하나의 공식처럼 '예쁘고 잘생겼다 = 착하고 똑똑하다 = 세상의 중심이다' 이렇게 말입니다.

이런 공식은 종종 우리를 의기소침하게 만듭니다. 객관적으로 봐도 평균이나 보통이 분명한데도 미인, 미남 소리를 듣지 못하면, 스스로를 못난 사람이라고 인식해버립니다. 공식대로 세상의 중심이 될 수 없다고 생각하기 때문입니다.

하지만 사람의 아름다움을 겉모습에만 두어서는 안 됩니다. 아름답지만 얼마 못가 시들어버리는 꽃과 아름답진 않지만 한결같은 모습으로 그 자태를 오래오래 유지하는 나무를 한 번 떠올려보십시오. 꽃은 꽃대로 나무는 나무대로 존재 이유가 있는 법입니다.

사람도 마찬가지입니다. 각자 자신의 존재 이유를 지니고 태어납니다. 게다가 사람에게는 의지라는 것이 있어서 주어진 운명에 굴복하지 않고 얼마든지 인생을 개척해가는 힘이 있습니다. 반대로 운명을 지배하게 되는 것이지요.

꽃이기 때문에 무조건 아름답지도, 나무이기 때문에 꽃보다 못한 것도 아닙니다. 다만 곱고 향기로운 꽃의 아름다움과 푸르고 싱싱한 나무의 매력을 섬세하게 헤아리지 못하는 우리의 눈과 마음이 안타까울 따름입니다.

전문직에 종사하는 30대 중반의 한 여성을 알고 있습니다. 외모도 옷차림도 더없이 수수해서 첫눈에 이렇다 할 매력을 찾아볼 수 없었지요. 그런데 그녀와 이야기를 나누다보니 나도 모르게 두둥실 구름을 타고 하늘을 나는 것 같은 기분이 들었습니다. 진지하고 심각한 문제도 대수롭지 않게 풀어내는 그녀만의 독특한 대화법에는 유머와 유쾌함이 숨어 있었던 것입니다. 게다가 타인의 문제를 자기 일인 양 함께 고민하고 해결해주려는 마음 씀씀이까지 더해져서 그녀의 주변에는 사람들이 넘쳐났습니다. 마치 그녀의 얼굴에는 정원이 들어 있는 것 같았습니다. 진실한 마음과 유쾌함으로 다져진 자신감이 바로 그녀만의 꽃이 되고 나무가 되었던 것이지요.

콤플렉스 하나 없는 사람이 세상에 어디 있겠습니까. 문제는 콤플렉스 자체보다 이를 대하는 우리의 마음자세입니다. 사람은 본질적으로 강한 면이 있어서 어느 한 부분이 부족하다 싶으면 이를 보상하려는 강한 욕구가 나오게 됩니다. 본능적인 반응이지요. 그래서 신체적으로나 정신적으로 결함이 생기면 이를 보상하여 다시 평형상태를 유지시키려는 본능적인 힘이 작용합니다. 그렇기 때문에 콤플렉스가 있다는 것은 전진과 도약의 용수철을 지니고 있다는 뜻이기도 합니다. 그러니 콤플렉스는 무조건 감추거나 떨쳐버릴 대상이 아닙니다. 세공하기에 따라 가치가 달라지는 원석 같은 것이지요. 그러니 콤플렉스에 지면 인생에도 지는 것입니다.

콤플렉스 하나 없는 사람은 없습니다.

문제는 이를 대하는 우리의 마음자세입니다.

사람은 본질적으로 강한 면을 지니고 있어서

어느 한 부분이 부족하다 싶으면

이를 보상하려는

강한 욕구가 나오게 됩니다.

나의 단점은 가급적 숨긴다, 가장 완벽한 상태에서 사람을 만난다,
나를 돋보이기 위해 거짓말을 한 적도 있다.

그대가 늙었을 때

예이츠

그대 늙어 백발이 성성하고 잠이 가득해,
난롯가에서 꾸벅 졸거든, 이 책을 꺼내 들고
천천히 읽으시기를, 그리고 한때 그대의 눈이 품었던
부드러운 눈빛과 깊은 그늘을 꿈꾸시기를

얼마나 많은 이들이 그대의 발랄하며 우아한 순간들을 사랑했으며
거짓된 혹은 진실된 애정으로 그대의 아름다움을 사랑했는지,
그러나 어떤 남자가 그대 속의 방황하는 영혼을 사랑했고
그대의 변화하는 얼굴에 깃든 슬픔을 사랑했으니

그리고 타오르는 장작더미 옆에서 몸을 구부려

약간 슬프게, 중얼거리시기를, 사랑이 어떻게 도망갔는지

그리고 높은 산에 올라가 이리저리 거닐며

그의 얼굴을 별무리 속에 감추리라.

월리엄 버틀러 예이츠(1865 ~ 1939) | 아일랜드 시인 겸 극작가. 환상적이며 시적인 《캐서린 백작부인》을 비롯하여 뛰어난 극작품을 발표했으며 1923년에는 노벨문학상을 수상했다.

그대로의 나를 사랑합니다

문득 떠오르면 입던 옷차림에 슬리퍼를 끌고 찾아갈 만한 친구가 있습니까? 굳이 차려 입지 않아도, 머리 모양이 조금 흐트러져도 신경 쓰지 않고 만날 수 있는 친구 말입니다.

우린 지나치게 포장된 삶을 살고 있는 게 아닌가 하는 생각이 듭니다. 가까운 친구와의 약속에도 최신 유행의 옷을 걸치고, 머리 손질에 표정관리까지 완벽하게 준비하지 않으면 성에 차지 않습니다. 이런 일상적인 만남까지 온갖 신경을 써야 하니 피곤할 노릇입니다. 무릇 친구란 자신의 허물마저도 나눌 수 있는 편한 관계여야 하는데 말입니다. 어디 한 군데 맘에 안 드는 구석이라도 있으면 좀처럼 만남에 집중하지 못합니다. 연신 머리를 매만지고 옷깃을 바로잡으며, 차분한 마음상태를 유지하려 애쓰지만, 그러면 그럴수록 가슴은 더 두근대고 만남의 자리가 즐겁기는커녕 피곤하기만 합니다.

이런 사람들은 공부를 하거나 일을 할 때도 마찬가지입니다. 머리도 맑아야 하고, 일체의 잡념도 없어야 하며 환경도 조용하고 쾌적해야만 합니다. 이런 최상의 상태를 갖추려다보니 세월은 다 가고, 정작 뭔가를 시작할 때는 이미 진이 빠진 상태가 됩니다. 온갖 열의를 준비단계에서 이미 다 써버렸기 때문입니다.

지나치게 맑은 물엔 고기가 꼬이지 않는 것처럼, 완벽만을 고집하면 주변에 사람이 머물지 않습니다. 틀에 맞춘 듯 딱딱하고 융통성 없는 사람과 마주하는 건 숨이 막힐 것처럼 답답한 일이지요. 어딘가 어수룩하고 빈 구석이 있어야 인간미도 느껴지고 호감도 생기는데, 단 하나의 허점도 보이지 않으려는 상대에겐 열리던 마음도 닫혀버리고 맙니다.

하지만 자기연출 없이는 살아가기 힘든 요즘 시대에 허점을 노출시킨다는 건 왠지 패배자가 되는 것만 같습니다. 그래서 과장을 해서라도 장점은 부각시키지만, 단점은 아주 사소한 것 하나도 들키지 않기 위해 더더욱 애를 쓰지요. 우리의 스트레스 지수가 점점 높아질 수밖에 없는 것도 다 그런 이유 때문입니다.

그러나 원활한 인간관계를 위해서는 장점보다 단점을 미리 노출시키는 게 훨씬 효과적입니다. 숨기지 않고 털어놓으면 단점을 숨기기 위해 신경 써야 하는 정신적 부담도 없어지고, 상대에게 더욱 집중할 수 있기 때문입니다. 예를 들어 "저는 성격이 조금 급한 편입니다. 혹시 그런 모습이 보이더라도 이해해주셨으면 합니다"라고 미리 밝혀두면, 설령 실수로 성격이 폭발하는 일이 생겨도 "저 친구가 원래 성격이 좀 급하지" 하고 어느 정도 이해해주기 마련입니다. 이처럼 단점을 드러내면 훨씬 편해진다는 사실을 우리는 잘 믿으려고 하지 않습니다. 잘난 것만 강력하게 호소해야 자신의 가치가 높아진다고 믿기 때문이지요.

하지만 지나치게 완벽하고 모든 면에서 잘나 보이는 사람은 자신의 의지와는 달리 사람들로부터 빈축을 사기 일쑤입니다. 기대치가 높을 대로 높아져 있기 때문에 작은 실수 하나도 쉽게 이해해주지 않는 것이지요. 작은 단점 하나도 누구에게 들킬까 안으로 꽁꽁 숨겨두거나, 아무런 결점도 없는 것처럼 위장하기도 합니다. 그러기 위해서는 거짓말과 과장은 필수입니다. 하지만 그런다고 있는 단점이 사라질까요? 자신까지 속일 수 있을까요? 타인은 속일 수 있을지 몰라도 자신을 속일 수는 없습니다.

심리학자 융은 사람들의 이 비밀스런 구석을 그림자(shadow)라고 부르며, 여기에도 나름의 긍정적인 의미를 부여했습니다. 그 숨겨진 부분을 받아들일 수만 있다면, 자기이해의 바탕 위에서 성장이 가능하다는 것입니다. 사색과 명상처럼 잠시의 멈춤이 이런 계기를 마련해주는 것이지요. 자신 안의 그림자와 마주하는 순간, 사람들은 적잖이 놀라고 실망합니다. 믿고 싶지 않고 외면하고 싶고 꽁꽁 덮어두고만 싶습니다. 그 과정에서 혼란과 실망의 순간들을 경험하게 됩니다.

하지만 이조차도 자신의 한 부분이며 삶이 영그는 과정으로 받아들여야 합니다. 모든 사람이 나의 잘나고 보기 좋은 면만을 사랑하는 것은 아닙니다. 누군가는 나의 방황을, 또 누군가는 나의 슬픔을 사랑할 것입니다. 하지만 스스로 나의 방황과 슬픔을 사랑하지 않는 한, 그런 행운은 일어나지 않습니다. 완벽하려고 애쓰기보다 있는 그대로의 자신을 사랑하세요. 그러면 사람들은 당신의 숨어 있는 그림자마저도 사랑할 것입니다.

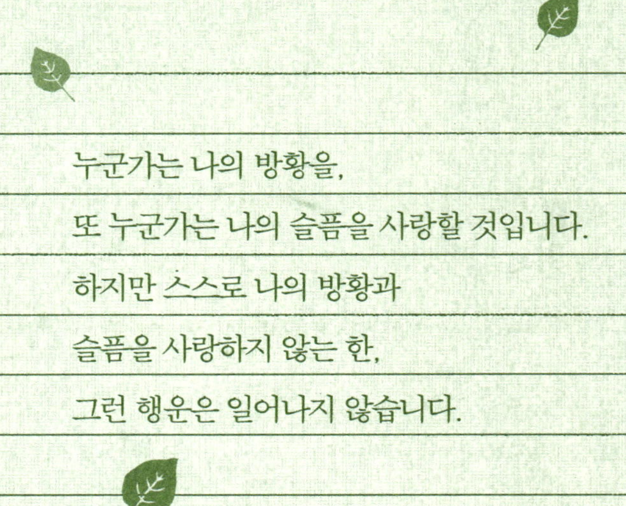

도움이 되는 사람은 적극적으로 만난다, 목적이 분명해야 만나는 편이다.
상황이 어려운 친구와의 약속은 가급적 미룬다.

소중한 만남을 위하여

나태주

옆자리에 있는 것만으로도 나는
따뜻합니다
그대 숨소리만으로도 나는
행복합니다
굳이 이름을 말씀해 주실 것도 없습니다
주소도 알려주실 필요도 없습니다
또한 굳이 나의 이름을
알려하지를 마십시오
주소를 묻지도 마십시오
이름 없이 주소 없이 이냥
곁에 앉아계신 따스함만으로도
그대와 나는 가득합니다

보이지 않는

그대와 나는 가슴 울렁임만으로도

그대와 나는 가득합니다

보이지 않는

그대와 나의 가슴 울렁임만으로도

우리는 황홀합니다

그리하여 인사 없이 눈짓 없이

헤어지게 됨도

우리에겐 소중한 만남입니다

나태주 | 현대불교문학상, 시와시학상 등 많은 상을 수상했다. 현재 한국시인협회 심의위원장으로 활동 중이다. 시집으로 《사랑하는 마음 내게 있어도》《나태주 시선집》 등이 있다.

뿌린 대로 거둘 뿐입니다

잔잔한 호수에 돌 하나를 던져봅니다. 파문이 원을 그리며 크게 번져 갑니다. 사람과 사람 사이도 마찬가지입니다. 나에게서 전달된 파동이 번져나가 상대에게 가 닿습니다. 그 파동이 긍정적인 것이든 부정인 것이든, 두 사람 사이에는 그에 따른 교감이 일어납니다.

사람들은 저마다 자신만의 파동을 가지고 있습니다. 조용한 파동이 있는가 하면, 거칠고 힘차게 퍼져나가는 파동도 있습니다. 또, 따뜻한 파동이 있는가 하면, 서늘한 파동도 있고 지적이거나 유쾌한 파동도 있으며, 우울하고 어둡고 폭력적인 파동도 있습니다. 파동은 인품이나 정서적인 면과 밀접해서 그 사람의 인간적 분위기나 개성이라고도 합니다. 그래서 사람마다 주파수도 다르고, 느낌도 다를 수밖에 없는 것입니다.

자신만의 파동은 어떤 느낌인지, 어떤 힘을 가지고 있는지 궁금할 때가 있습니다. 하지만 이것은 수치로 측정할 수 있는 게 아닙니다. 자기 스스로 느낄 수 있는 건 더더욱 아니지요. 오직 타인만이 나에 대해 느끼고 평가할 수 있습니다. 타인의 말에 겸허히 귀를 기울여야 하는 이유가 바로 여기에 있습니다.

"너는 다 좋은데, 매사 너무 진지한 게 탈이야."

"당신은 참 완벽한 사람이에요. 그래서 내가 해줄 수 있는 게 아무것도 없어요."

"자네는 그 욱 하는 성격 좀 죽이는 게 좋겠어."

진심어린 충고란 걸 모르지 않지만 왠지 듣고 나면 기분이 찜찜합니다. 아무리 몸에 좋은 약이라도 일단 입에서는 쓰디쓴 게 사실이니까요. 그렇더라도 나에게 이런 충고를 해주는 사람이 곁에 있다는 건 축복이지요. 고약하게 쓰긴 해도 몸에 좋은 약을 먹여줄 만한 사람이 있다는 것은 나 역시 누군가에게 그런 사람이라는 뜻이기도 합니다.

대가를 바라지 않고 계산도 없이 만날 수 있는 관계는 흔치 않습니다. 더욱이 개인주의와 이기주의가 만연해 있는 요즘 시대에는 더욱 그렇지요. 손톱만큼이라도 손해 보는 일은 견디지 못합니다. 실속도 없는 괜한 만남은 시간낭비라고 치부하지요. 누군가 대가도 없이 부탁을 해오면 무례하다고까지 말합니다.

남의 잔치에서 인사 잘하고, 술 잘 권하기로 유명한 친구가 있습니다. 친절하고 사교적이어서 처음 대하는 사람도 아주 편하게 해주는 장점이 많은 친구였지요. 낯선 사람들로 북적이는 잔치 집에서 이런 친구를 만난다는 건 반가운 일입니다. 남의 잔치를 자신의 일처럼 적극적으로 돌봐주니 그 또한 고마운 일이 아닐 수 없습니다.

그런데 그 칭찬이 비난으로 바뀌기까지는 그리 오래 걸리지 않습니다. 싹싹하고 친절하고 의리로 똘똘 뭉친 그의 행동이 모두 계산이었다는 것을 어느 순간 눈치 채고 말기 때문입니다. 그 얄팍한 속내에 사람들은 고개를 절레절레 흔듭니다. 손해날 일은 아예 근처에도 가지 않지만, 십 원이라도 득이 되는 일에는 기를 쓰고 덤벼듭니다. 인정과 의리를 앞세우며, 큰 손해를 무릅쓰고라도 남을 돕는 사람으로 자신을 포장합니다. 하지만 하나를 주되 열을 거둘 자신이 있을 때에만 아낌없이 내놓는 속셈이지요.

이 친구의 경우는 그 정도가 좀 지나칠 뿐이지, 사실 살아가면서 우리 역시 이런 계산을 안 하는 것은 아닙니다. 안 그런 척하는 것뿐이지요. 양보가 미덕이던 시절은 이미 옛이야기입니다. '인간성 좋은 사람'은 이렇다 할 스펙이 없을 때 갖다 붙이는 수식어일 뿐이지요. 부모자식 간에도 절친한 친구 사이도 계산이 앞선 만큼 서로를 믿지 못하는 세상입니다.

그러나 아무리 세상이 변해도 변하지 않는 게 하나 있습니다. 세상은 돌고 돈다는 사실입니다. 사람은 뿌린 대로 거두며, 빼앗은 만큼 잃게 되어 있습니다. 기꺼운 마음으로 자초한 손해는 박씨가 되어 돌아오고, 악착같이 차지한 황금은 돌덩이가 되어 나에게로 날아듭니다.

봄, 여름, 가을, 겨울 계절을 달리하며 그늘도 드리워주고 빛깔 고운 단풍도 자랑하는 나무, 그 나무의 멋을 제대로 즐기려면 먼저 나무를 심어야 합니다. 물도 주고 거름도 주면서 마음을 베풀어야 합니다. 왠지 손해 보는 것 같아 싫으면 돈만 주면 바로 살 수 있는 꽃에 만족하고 살 수밖에 없습니다.

잔잔한 호수에 돌 하나를 던져봅니다.

파문이 원을 그리며 크게 번져갑니다.

사람과 사람 사이도 마찬가지입니다.

나에게서 전달된 파동이 번져나가

상대에게 가 닿습니다.

매사에 부정적인 사람을 만났을 때

어떤 일이든 안 되는 이유부터 찾는다. 매사에 부정적인 사람은 표정부터 어둡다.
부정적인 사람과는 함께 일하고 싶지 않다.

나를 키우는 말

이해인

행복하다고 말하는 동안은
나도 정말 행복한 사람이 되어
마음에 맑은 샘이 흐르고

고맙다고 말하는 동안은
고마운 마음 새로이 솟아올라
내 마음도 더욱 순해지고

아름답다고 말하는 동안은
나도 잠시 아름다운 사람이 되어
마음 한 자락 환해지고

좋은 말이 나를 키우는 걸
나는 말하면서 다시 알지.

이해인 | 1976년 첫 시집 〈민들레의 영토〉로 많은 사랑을 받았다. 올림예술대상 가곡작시상, 천상병 시문학상 등을 수상했다. 현재 부산 성 베네딕도회 수녀로 봉직 중이다.

세상은 보는 대로 존재합니다

마흔 나이를 일컬어 미혹되지 않는다는 뜻의 불혹(不惑)이라고 합니다. 쉽게 흔들리지도 유혹되지도 않을 만큼 심지가 굳고 강해지는 나이지요. 그래서인지 나이 마흔이 되면, 자신의 얼굴에 책임을 져야 한다고 합니다. 살아온 날들이 얼굴에 그대로 묻어나기 때문이겠지요. 서서히 노화가 시작되는 그 나이가 되면, 예쁜 것도 잘생긴 것도 그다지 중요하지 않습니다. 예쁜 꽃도 시들면 그뿐이고, 젊음도 지나가게 마련이니까요.

　길을 가다 돌연 고등학교 때 짝사랑하던 친구라도 만나면 참 반가운 일입니다. 그런데 '아, 저 사람이 내가 한때 그렇게도 좋아했던 그 애란 말이야?' 하는 의문이 들 때가 있습니다. 그 실망감은 못생겨서도, 너무 늙어버려서도 아닙니다. 그 사람의 얼굴이 살아온 날들을 말하고 있기 때문이지요. 사람은 저마다의 분위기란 걸 가지고 있습니

다. 그것은 머리모양이나 의상처럼 치장으로 이루어지는 것과는 사뭇
다릅니다. 그런 분위기는 얼마든지 꾸미거나 만들어낼 수 있는 것이
지요.

하지만 얼굴에 드러나는 분위기는 꾸밀 수도 만들어낼 수도 없습니
다. 웃으면 웃는 대로, 화를 내면 화내는 대로, 과묵하면 과묵한 대로
생겨나는 표정은 얼굴에 그대로 주름을 만들어놓습니다. 그래서 마흔
즈음이면 그 사람이 얼마나 유쾌하고 긍정적으로 살았는지, 얼마나 화
를 내고 부정적으로 살았는지, 얼마나 고독하게 또는 얼마나 화목하게
살았는지가 그대로 드러나는 것입니다.

유쾌하고 긍정적이며 화목하게 살아온 사람들의 얼굴은 주름조차
도 아름답습니다. 반면 화를 잘 내고 부정적이며 고독하게 살아온 사
람의 얼굴은 어둡고 무섭게 일그러져 있습니다. 미간에는 어느새 깊은
주름이 내려앉고, 웃고 있어도 전혀 밝아 보이지 않습니다. 이런 사람
과 함께 있으면 어둡고 부정적인 기운이 나에게까지 전염되는 것 같아
오래 자리하기가 꺼려집니다.

실제로 부정적인 에너지가 많은 사람과 함께 있으면 머리가 아프거
나 피로감이 밀려오는 경험이 있을 겁니다. 매사 부정적인 사람들은
어떤 대화를 나누어도 결론은 한결같습니다. 친구 사이의 대화에서도
누군가를 험담하는 쪽으로 이야기가 흘러갑니다. 사업상 관계에서는
어떤 아이디어나 프로젝트를 제시해도 일단 안 되는 이유부터 늘어놓
기 일쑤입니다. 늘 부정적인 생각이 앞서다보니 안 되는 이유와 변명

을 찾는 데 모든 에너지를 쏟아 넣습니다. 정작 일을 위한 정열이 남아 있을 리 없습니다.

신발을 사러 가는 사람의 눈에는 온통 신발뿐입니다. 미용실을 가는 사람에게는 온통 사람들의 헤어스타일밖에 눈에 들어오지 않습니다. 결혼이 목적인 사람에게는 유독 닭살커플들이 눈에 띄게 마련입니다.

그런가 하면 반대의 경우도 있습니다. 지나가던 사람이 "혹시 근처에 도장 파는 곳 아세요?" 하고 물으면 갑자기 멍해집니다. 어디서 본 듯은 한데 통 기억나지 않습니다. 매일 아침저녁 회사 앞에 있는 그 도장 가게를 지나치면서도 한 번도 주의 깊게 보지 않았던 것이지요. 나의 기억 속에서 도장 가게는 존재하지 않는 것과 같습니다.

이처럼 세상은 나의 마음먹기에 따라 달라집니다. 진짜인줄 알고 빌려온 '가짜' 진주목걸이를 잃어버리고, 그것을 갚기 위해 평생을 고생한 모파상의 어느 여인의 이야기처럼 말입니다.

세상은 내가 본 대로 존재하고, 내가 마음먹은 대로 흘러갑니다. 뭐든지 '그건 안 돼, 그게 될 리가 있나' 하고 생각하면 정말로 되는 일은 아무것도 없습니다. 될 턱이 없지요. 내가 적극적이지 않은데 누가 나를 도울 것이며, 내가 웃지 않는데 누가 나를 보고 웃어주겠습니까?

컵에 반쯤 담긴 물을 보고 "뭐야, 벌써 이 만큼이나 줄었잖아" 하는 사람이 있는가 하면, "와, 아직 반이나 남았네!" 하는 사람이 있습니다. 속상하고 힘들 때 "아, 왜 나한테만 이런 시련이 닥치는 거지?" 하며 원망과 좌절로 일관하는 사람이 있는가 하면, "괜찮아, 다 잘 될 거야. 우리 힘내자" 하며 오히려 옆 사람을 위로하는 사람도 있습니다.

세상은 내가 보는 것만이 존재하고, 또 보는 대로 있다는 사실을 명심해야 합니다. 어떻게 세상을 볼 것인가, 그것은 나의 책임입니다.

세상은 내가 본 대로 존재하고
내가 마음먹은 대로 흘러갑니다.
뭐든지 '그건 안 돼'라고 생각하면
정말로 되는 일은 아무것도 없습니다.

이기적인 사람을 만났을 때

상대가 먼저 밥값을 내는 걸 못 봤다, 봉사는 여유가 있을 때 하는 것이다,
불우이웃을 돕는 성금을 내본 적이 없다.

관계

이달균

혼자 이곳까지 걸어왔다고 말하지 말라

그대보다 먼저 걸어와 길이 된 사람들

그들의 이름을 밟고 이곳까지 왔느니

별이 저 홀로 빛나는 게 아니다

그 빛을 이토록 아름답게 하기 위하여

하늘이 스스로 저물어 어두워지는 것이다

이달균 | 〈지평 시선집〉으로 작품 활동을 시작했다. 현재 계간 〈시와 생명〉의 편집인으로 활동 중이다. 시집으로 《남해행》《비 내리고 바람 불더니》 등이 있다.

나눌수록 풍요로워집니다

교회에 매번 어기지 않고 십일조를 내면서 정작 가족이나 이웃에게는
매정하기 이를 데 없는 한 부부가 있습니다. 그들을 볼 때마다 참 이해
가 안 된다 싶었습니다. 눈앞에서 벌어지는 당장의 어려움은 외면하면
서 헌금만큼은 빠뜨리지 않는 그들의 마음은 대체 어떤 것인지 궁금했
습니다. 물론 헌금도 일종의 기부라고 볼 수 있으니 나쁠 건 없겠지요.
그렇다면 피부로 느끼는 내 가족, 이웃, 친구들의 어려움은 왜 돕지 않
는 걸까요?

어느 날 그 부부와 함께 식사를 할 기회가 있었습니다. 분위기도 사
뭇 부드럽고 화기애애하기에 넌지시 물었습니다. 그랬더니, 사람은 아
무리 베풀어도 그때뿐이지, 돌아서면 그만이더라는 겁니다. 특히 부
모, 형제, 친구들에게서 더더욱 그런 감정을 느꼈다고 하더군요. 하지
만 주님은 자신들을 배신하지 않을 거라 굳게 믿고 있다고 했습니다.

그래서 구체적으로 어떤 걸 믿느냐고 물었더니, 자신들이 바라는 모든 것을 이루어줄 거라고 믿는다고 했습니다.

순간 '아니, 이런 사람들을 봤나' 싶더군요. 그들의 믿음은 '바라는 대로 이룰 수 있는 복을 달라는' 일종의 기복신앙 같았습니다. 가족이나 친구, 이웃은 나의 바람을 이루어주지는 않을 테니, 그들에게 내 것을 나눠주는 일은 그 부부에게 무의미한 듯 보였습니다.

그들은 하나는 알고 둘은 모르는 것 같았습니다. 조건 없이, 대가 없이 베풀고 도울 때, 복도 자연스레 찾아온다는 것을 말입니다. 당장 어려움에 처한 누군가에게 도움의 손길을 내미는 일은 도움을 받는 사람에게 더없이 고마운 일입니다. 하지만 더 감사해야 하는 사람은 받는 쪽이 아닌 베푸는 쪽입니다. 받을 때의 고마움보다 베푸는 즐거움이 더 크기 때문입니다. 그런 큰 즐거움을 누리게 해주었으니 당연히 감사해야 할 일이지요.

어려운 누군가를 도우면 당장 나의 기분이 좋아집니다. 무거운 짐을 덜어 낸 듯 후련하기도 하고, 든든한 후원자를 얻은 것처럼 뿌듯해집니다. 실제로 후원자가 생기는 것이 맞습니다. 내가 도운 누군가가 나를 향해 작으나마 고마운 마음을 품으며, 내가 잘되기를 바라고 있을지도 모릅니다. 크건 작건 나의 도움을 받은 많은 사람들이 곳곳에서 나를 향해 그런 마음을 품어준다면, 그 생각만으로도 참 살맛나는 일 아닙니까?

그래서 늘 봉사를 생활화하며 사는 사람들의 얼굴에서는 밝고 맑은 기운이 넘쳐납니다. 마음이 밝고 긍정적이니 그럴 수밖에요. 실제로 오랫동안 자원봉사를 해온 사람들은 그렇지 않은 사람들에 비해 활력이 넘치고, 장수한다는 보고가 있습니다. 적극적인 봉사활동으로 경쟁이 아닌 평화로운 마음상태를 유지하다보니 인간의 착한 심성이 되살아나기 때문입니다. 공격 성향과 스트레스 대신, 세로토닌 에너지와 같은 편안한 마음을 얻을 수 있으니, 이보다 더 좋은 정신치료제가 어디 있겠습니까.

남을 돕고 베푸는 일은 결국 내가 건강하고 행복해지는 일입니다. 또, 내가 건강하고 행복하면 신이 나서 하는 일도 잘 되고, 하는 일이 잘 되면 더 많이 남을 도울 수 있으니, 그야말로 선순환이 이뤄지는 것이지요. '많이 벌어, 많이 모아, 많이 베푼다'는 말처럼, 이보다 더 큰 기쁨이 또 어디 있겠습니까.

베푸는 것은 내 것을 잃는 것이 아닙니다. 내어준 빈자리가 넘쳐나도록 풍요로워지는 일입니다. 사랑과 기쁨과 감사와 행복이 차고 넘치는 일입니다. 그 부부에게도 이 같은 풍요가 찾아오기를 진심으로 바랍니다.

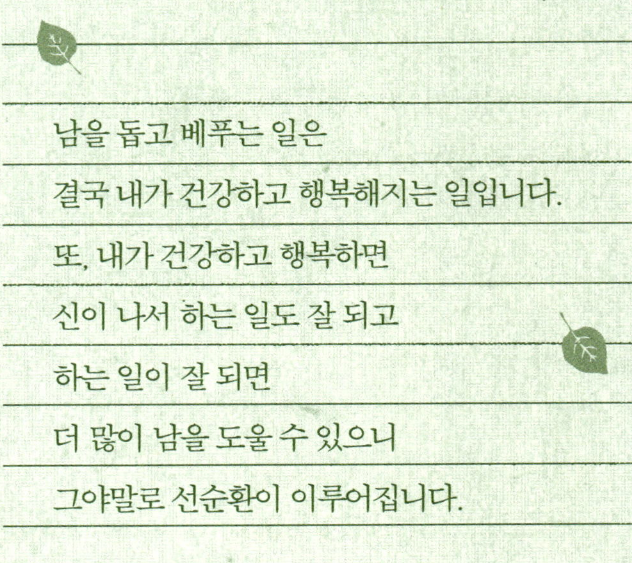

남을 돕고 베푸는 일은

결국 내가 건강하고 행복해지는 일입니다.

또, 내가 건강하고 행복하면

신이 나서 하는 일도 잘 되고

하는 일이 잘 되면

더 많이 남을 도울 수 있으니

그야말로 선순환이 이루어집니다.

소중한 사람이 세상을 떠났을 때

슬픔과 기쁨의 의미를 알고 싶다, 다시 볼 수 없다는 것이 고통스럽다,
좀 더 잘해주지 못해 후회스럽다.

내 동생의 손

마종기

생시에도 부드럽게 정이 가던 손,

늙지 않은 나이에 자유롭게 되어

죽은 후에는 내 주머니 속에 넣고 다닌다.

속상하게 마음 아픈 날에는 주머니 뒤져

아직 따뜻한 동생의 손을 잡으면

아프던 내 뼈들이 편안해진다.

내 보약이 되어버린 동생의 약손,

주머니에서 나와 때로는 공중에 뜨는

눈에 익은 손, 돈에 익지 않은 손,

내 동생의 손이 젖어 우는 날에는
내가 두 손으로 잡고 달래주어야
생시처럼 울음을 그치는 눈물 많은 손.
내 동생이 땅과 하늘에 묻은 손,
땅과 하늘이 슬픔의 원천인가,
그 슬픔도 지나 멀리 떠나는
안타깝게 손 흔들어대는
내 동생의 저 떨리는 손!

마종기 | 일본에서 태어나 의사로 활동하던 중 등단했다. 고국을 떠나 이국에서 보내야했던 그리움과 고독의 시간을 모티브로 시를 써왔다. 시집으로 《그 나라 하늘빛》《이슬의 눈》 등이 있다.

슬픔에 지지 않아야 합니다

아내를 잃은 한 노인이 빅터 프랭클을 찾아왔습니다.

"선생님, 너무 슬프고 외롭고, 그리고 아내가 불쌍해서 견딜 수가 없습니다."

"그렇겠지요. 하지만 당신이 먼저 죽고 부인이 살아남았다면 어떻게 되었을까요?"

"안 됩니다. 그것만은 절대 안 됩니다. 아내 혼자 이 고통을 어떻게 감당하라고요?"

"그렇지요. 당신의 고통 뒤에는 부인에 대한 사랑이, 절절한 그리움이 있기 때문에 더 괴로운 것입니다. 그리고 아내의 괴로움을 대신하고 있는 아름다운 의미가 있습니다."

한동안 침묵이 흘렀습니다. 노인의 얼굴이 아까와는 달리 많이 편안해졌습니다.

죽음이란 그런 것입니다. 떠난 자의 슬픔보다 살아남은 자가 감당해야 할 몫이 더 큰 형벌입니다. 사랑하는 사람의 얼굴을 다시는 볼 수 없다는 사실, 그것만으로도 슬픔의 고통은 충분합니다. 죽음을 되새기고, 다시는 볼 수 없다는 사실을 되새길수록 그 슬픔은 더 깊고 무겁게 남은 자의 모든 것을 점령합니다. 몸도 마음도 슬픔의 덫에 걸려 꼼짝하지 못합니다. 헤어나려고 하면 할수록 고통은 더욱 심해집니다.

한바탕 실컷 울고 나면 나아지려나 싶지만, 떨쳐낼 수 없는 그림자처럼 슬픔은 끈질기게 달라붙습니다. 그러나 "울기 때문에 슬프다"는 말처럼 슬픈 일은 슬픈 생각으로 이어지고, 다시 우는 행위로 이어지고 맙니다. 이렇게 슬픔의 순환이 계속되면서 슬픈 자극이 점점 증폭되어 몸과 마음은 지쳐버리고 맙니다.

그러나 잘 떠나보내는 것 또한 남은 자의 몫이라는 사실을 잊어서는 안 됩니다. 그러기 위해서는 슬픔을 넘어서는 계기가 필요합니다. 어떻게든 이 감정의 회로를 차단하여 증폭된 슬픔을 없애버리는 것이지요. 화가 난 아내나 남편에게 간지럼을 태워서라도 웃게 하면 폭발할 것 같던 화가 수그러드는 것처럼 말입니다.

그런데 문제는 슬픔의 회로를 차단하는 일이 의식적인 노력만으로 되는 게 아니라는 것입니다. 사고와 감정은 항상 같이 움직이기 때문입니다. 감정이 먼저냐 사고가 먼저냐 하는 것은 닭이 먼저냐 달걀이 먼저냐 하는 것과 다르지 않습니다. 그래서 기쁠 때는 아무리 슬픈 생각을 해도 슬퍼지지 않고, 슬플 때는 아무리 기쁜 생각을 해도 기뻐지지 않는 것입니다. 방법은 물리적인 행동을 시도하는 것입니다.

그래서 의지가 강한 사람들은 고통이 따를 정도로 험난한 코스를 등반하며 산의 흙과 나무, 그리고 흘러가는 구름에 슬픔을 떼어놓거나, 정상에 올라 고함을 내지르며 저 멀리 슬픔을 떠나보내기도 합니다. 또, 절에 들어가 무릎에서 피가 나도록 몇 천 배를 올리기도 하고, 새벽마다 살을 에는 추위를 뚫고 새벽기도를 나가기도 합니다. 모두 슬픔에 지지 않기 위해서입니다.

이 같은 물리적인 행동들이 반복되면 나를 점령하고 있던 슬픔이 슬슬 꽁무니를 빼며 달아나기 시작합니다. 그때 우리는 비로소 떠난 자를 향해 손을 흔듭니다. 이 무시무시한 슬픔을 당신이 아닌 내가 감당할 수 있어서 참 다행이라는 말도 덧붙입니다. 그리고 담대하게 이렇게 말합니다. "이제는 안녕."

곁에 있는 사람들이 더없이 소중하고 주어진 하루하루가 벅차고 고맙기만 합니다. 떠난 사람과의 추억은 무엇 하나 소중하지 않은 것이 없고, 이렇게 살아 있어서 나도 누군가의 기억 속에 아름다운 한 페이지로 남고 싶습니다.

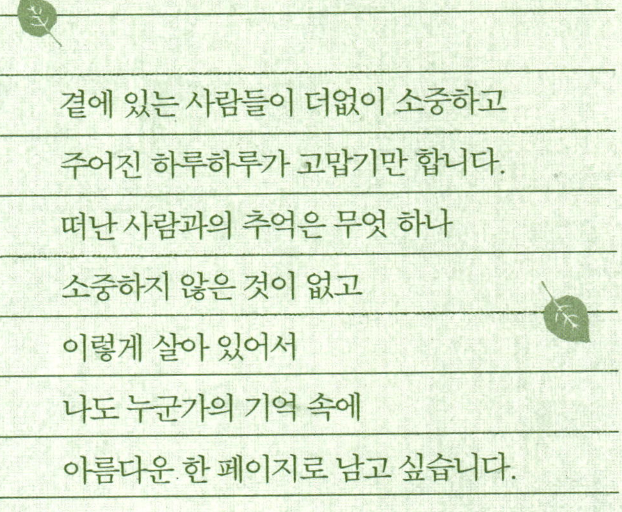

곁에 있는 사람들이 더없이 소중하고

주어진 하루하루가 고맙기만 합니다.

떠난 사람과의 추억은 무엇 하나

소중하지 않은 것이 없고

이렇게 살아 있어서

나도 누군가의 기억 속에

아름다운 한 페이지로 남고 싶습니다.

위로

초판 1쇄 2010년 11월 25일
초판 7쇄 2013년   1월   7일

지은이 | 이시형
펴낸이 | 성미옥
펴낸곳 | 생각속의 집

출판등록 2010년 5월 18일 제300-2010-66호
주소 | 서울시 종로구 혜화동 53-9 2층
전화 | (02)318-6818 팩스 | (02)318-6613
전자우편 | houseinmind@gmail.com

ISBN 978-89-965253-0-1 03810